Ulf Bogy

Tagebuch eines Zurückgebliebenen

Urlaub daheim in Oberfranken

Echtwerk-Verlag Bayreuth

Zuerst

Im Grunde sind alle Erinnerungen und Gedanken meine eigenen. Ebenso wie die verwendeten Fotos. Darauf möchte ich in Zeiten von Datenklau und sozialer „Netzwerkeritis" zunächst einmal hinweisen. Da man jedoch heutzutage niemals weiss, wer auf was irgendwelche Rechte besitzt oder besitzen könnte, bedanke ich mich bei allen möglichen Rechteinhabern für ihre vorauseilende Erlaubnis zum Abdruck. Aufgrund des ungeheuren Zeitdrucks, dieses Heftchen unmittelbar nach den heurigen Sommerferien gedruckt auf den Markt zu werfen, war nicht mehr ausreichend Zeit gegebenenfalls bestehende Rechteinhaber zu ermitteln. Ich bitte diese, sich an den Verlag zu wenden. Aber nur, falls wirklich nötig.

Originalausgabe © Echtwerk-Verlag

Auflage #1 im September 2016

Auflage #3 im Dezember 2018

Herstellung und Verlag: BoD - Books on Demand, Norderstedt

ISBN-9.783741261558

Warum dieses Buch geschrieben werden wollte

Es geschah spontan. Aus Lust. Aus Langeweile.

Es war aber auch notwendig, um zu beobachten, ob man aus quasi „Nichts" „Etwas" machen kann. Denn ein Urlaub zu Hause, daheim ist ja nichts. Hört man sich so um. Das Projekt begann aber auch, um zu verhindern, dass irgendwo zwischen Frau, Hund und Sport Langeweile entstand. Ganz einfach.

Es ist am Ende dann eine kleine Lektüre für die, die ähnliches erfahren haben oder erfahren wollen. Oder die sich für die Land und Leute Oberfrankens interessieren. Dennoch ist das Büchlein aber kein Reiseführer. Weder im weiteren noch im engeren Sinne. Auch wenn Orte und Plätze des schönen Landstriches vorkommen, wieder erkannt werden und unbedingt aufgesucht werden müssen. Auch der Alltag im Urlaub kommt vor. Und die politischen Nebengeräusche bleiben hörbar. Kommentare bleiben nicht aus.

Prolog

Mein Name ist Ulf. Sie wissen das. Sie haben den Umschlag gelesen. Ich könnte sicher auch anders heißen, wäre ich nicht ausgerechnet in dieser Stadt geboren. Sonst hätten sich meine Eltern sicher für einen wie zu Zeiten meiner Geburt so schönen und beliebten Namen wie Christian für mich entschieden. Auch heutzutage taucht der Name Ulf in keiner Beliebtheitsstatistik auf. Mein Name ist demnach eine Rarität. Ein Zufall. Ein Unfall. Der Name Ulf ist, soweit ich weiss auf das altnordische Wort Wolf zurückzuführen. In Zeiten der Wikinger war der mit Ulf benamte sicher ein Held. Das ist eine Vermutung. Ich weiss es nicht wirklich. Und genau genommen interessiert es mich auch gar nicht. Namen, Ahnen, Geschichte. Was haben wir denn heute noch mit Geschichte zu tun? Wenn man dem Mainstream-Bewusstsein der Jetztzeit lifestylisch folgt, fing zumindest die deutsche Geschichte ja erst 1933 oder vielleicht sogar erst 1968 an. Auf jeden Fall sind Wölfe und alles was daran erinnert seit jenen Jahren unerwünschte Zeitgenossen. Aber Gott sei Dank habe ich zu der Zeit noch nicht gelebt. Also zumindest nicht bewusst. Gnade der späten Geburt nennt man das heute und verdrängt ganz smart die Geschichte. Normalerweise.

Was mich mit meinem zurückgebliebenen Namen aber nicht davon abhält, dennoch eine eigene Meinung zu haben. Zu den Dingen der Zeit. Zum Geschehen. Wir leben ja heutzutage in unserer medial verspielten Welt viel weniger mit Geschichtsbewusstsein als mit Geschichtenbewusstsein. Zum Beispiel auch mit den zahlreichen Geschichten aus der Fremde. Geschichten aus der reflexionslosen Konsumentenwelt des vierten Wirtschaftsreichsreisenden. Zu diesen Geschichten gehören auch die aus dem alljährlichen Urlaub. Die Erlebnisse von den Freizeitstränden und historischen oder modernen Kultstätten dieser globalen Welt, die uns Deutschen zu Füßen liegt, erzählt jeder gern. Mallorca vor langer Zeit, bevor die Eimertrinker kamen, einmal Putzfraueninsel genannt, bei den Reisezielen immer noch ganz vorn. Die Strände der Costas: Blanca, Brava, del Sol, Smeralda. Türkei mit Antalya und Co., Griechenland: Chalkidiki, Rhodos, Santorin. Kanaren, Malediven, Thailand, USA, Australien, Feuerland ... Neverland; Kultur und Shoppingmeilen in New York, Buenos Aires, Dubai, London. Und was auch immer sonst. Neuerdings fahren wir aber auch ganz gerne wieder zum sehen und gesehen werden nach Kitzbühel oder Sankt Moritz, zum Wandern ins Ötztal oder an den holländischen Strand. Wenn wir nicht sogar im Lande bleiben. Wir, das sind „Wir-schaffen-das-alles-Volk", verteilen uns über den Globus in den zwölf deutschen Sommerurlaubswochen zwischen dem Ferienbeginn in Bremen und Niedersachsen im Juni und dem Ferienende der Bayern Mitte September. Wir bedauern sehr, dass Mond und Mars noch nicht pauschal zu bereisen sind. Wir lieben die Globalisierung. Wir lieben den Jetlag, Sprachen die wir nicht verstehen. Und alle Kulturen dieser Erde.

Nun schon mit meinem Namen bin ich ein Außenseiter. Mit meiner Meinung auch. Und in Sachen Weltenbummeln nicht erst seit diesem Jahr. In diesem Jahr bin ich froh. Ich muss nicht sagen „Ich will nicht dabei sein". Heuer darf ich sagen „Ich kann nicht dabei sein. Beim besten Willen nicht". Denn die Hündin Monika, unsere treue Begleiterin, stirbt immer noch. Den zweiten Sommer schon. Diese treue Weggefährtin, 17 Jahre uralt, heutzutage zeitgeistig promenadengemischt, buntgescheckt, langläufig. In ihren besten Jahren sprang sie einen Meter vierzig hoch. Jetzt bevorzugt sie eher die Horizontale. Dreiundzwanzig Stunden am Tag. Damals streiften wir sechs Stunden am Tag mit ihr durch die Landschaft. Heute wird ihr der Fressnapf in wirbelsäulenschonender Höhe von achtundzwanzig Zentimetern gereicht, um die lädierten Halswirbel zu schonen. Darin immer noch die dreimal täglich von der Hundeführerin liebevoll auf magenfreundliche dreiunddreißig Grad erwärmten Hundepremiumspeisen aus dem Fress-Futterhaus.

Also gibt uns dieser Hund, diese uralte Töle, wieder einmal ein sehr, sehr gutes Alibi. Wir bleiben wegen dieses Familienmitgliedes mal wieder daheim. Andere urlaubsgeile Allerwelttouristen dagegen binden ihren jungen Hund, den kleinen Wildfang aus dem Weihnachtsgeschäft oder einer anderen Laune heraus gekauft an irgendeiner Autobahnraststätte an den Abfalleimer. Oder reichen ihn an eine einsame Witwe aus der Nachbarschaft weiter. Wir finden das treulos, abscheulich. Unchristlich. Irgendwie asozial.

Dennoch bin auch ich irgendwie sauer, dass unser Köter nun so alt ist, immer älter wird und mich vom Reisen abhält. Von den Reisen, von denen ich immer träumte als ich noch jung war. Andererseits bin ich ihm dankbar, dass er mich davor bewahrt mich in den Strom der Urlaubs-Lemminge einzureihen und einen echten Individualurlaub genießen zu müssen. Wie? „Du bleibst zu Hause"? Höre ich die Kollegen fragen. Man muss doch mal raus! Sagt der nette Nachbar. Und die wenigen Freunde. Ich nehme mir vor, dem Erholungsanspruch dieser Tage trotzdem gerecht zu werden. Mit allen Höhen und Tiefen. Mit allen Wettern. Auch mit dem alles und jedes fruchtbar machenden Regen, den kühlen Nächten, dem Morgennebel. Diesen Dingen, die da unausweichlich sind in unseren Breiten und die die schöne Nachbarin so hasst. Mit der Aussicht darauf, dass ich der einzige bin nach diesen Urlaubstagen, der nichts zu erzählen hat.

Er, nein sie, diese Straßenhündin hält mich davon ab, so weiter zu machen wie immer und mitzumachen bei Allem und mit Jedem. Ich gespannt auf diese Ferien. Werde ich überhaupt etwas zu erzählen haben? Werde ich überhaupt irgendetwas erleben?

Ich bin gespannt. Sie auch? Also fangen wir mal an. Ich schreibe es auf.

Tag 1 - Montag, 15. August

Ich werde wach und schaue auf den altmodischen Wecker am altmodischen Nachtkästlein. Gar nicht zeitgemäß für unsere durchdesignte und durchdigitalisierte Zivilisation. Es ist sechs Uhr siebenundzwanzig. Die ziemlich dünne Daunendecke wärmt mich noch. Obwohl die Verandatüre offen steht. Es ist sehr frisch da draußen. Ich nehme einen Zug von dieser unschuldigen, morgendlichen Frische und schäle mich einigermaßen steif aus den Federn.

Die Liebste ist schon lange wach. Kaffeeduft im Haus. Frühstück ruft. Zeitungslektüre länger als gewöhnlich. Eine gedruckte Zeitung! Sind wir denn von gestern? Zurückgeblieben? Der Nachbar und der Schwiegersohn lesen das doch nur noch elektronisch und teilen sogleich ihre wichtigen Erkenntnisse des frühen Tages mit ihren Jüngern, die heutzutage „Follower" genannt werden in die Cloud. Aber auch unser Tag beginnt trotzdem. Keine Pflichten heute. Keine Erkundungen und keinerlei Zurechtfindungsstress an oder in unbekannten Flughäfen, Bahnhöfen, Hotelhallen oder Kreuzfahrtschiffsbäuchen. Es scheint ziemlich langweilig zu werden. Was ist zu tun? Erstaunlich ausgeruht gehen die letzten Reste von liegengebliebenen Aufgaben aus der letzten Arbeitswoche von der Hand. Dann folgt der beschauliche Hundespaziergang zu dritt. Heute einmal weiter als üblich. Die alte Hündin erledigt das dreifache Pensum dessen als wir das in den letzten Wochen von ihr gewohnt sind. Wenn auch nicht mehr in Rekordzeit.

Es ist schon angenehm kontinentalwarm. Nach dem Hundegang wärmt die Sonne unsere alten Rücken auf der Terrasse unseres Urlaubsappartements in unserem ganzjährigen Urlaubsdorf inmitten der schönen Blumen, die wir den ganzen Sommer gehegt und gepflegt haben. Jetzt können wir die Pracht genießen.

Nach der Siesta folgt eine Tätigkeit, die mir auch am Urlaubsort früherer Tage am ersten Urlaubstag nicht erspart geblieben wäre. Der Einkauf des täglichen Bedarfs. Jeder Handgriff im altbekannten Markt sitzt. Routine halt in gewohnter Umgebung. Geschwind erledigt. Spart Zeit, Geld und Nerven.

Gut. Jetzt könnte ich Segeln gehen am blauen Meer. Surfen, tauchen oder die Sonne anbeten. Aber hier? Im langweiligsten Mittelgebirgsland? Ich besorge erst einmal ein kleines Säckchen Zement und ein paar ziemlich große Kieselsteine und wende mich unserem Außenduschplatz zu, dem ich einen letzten Schliff geben will. Das geht schnell und sieht gut aus. Mein unterentwickeltes Heimwerkerselbstbewusstsein bekommt wieder einen positiven Schub. Wieder mal direkt zu sehen was gemacht wurde. Ganz einfach und nicht abstrakt sondern ziemlich real. Herrlich. Ich genieße das erste Bierchen des Urlaubs. Der kleine Hunger kommt. Ein sommerliches Gericht muss her. Küchendienst um 1730h. Mein Mangold im kleinen Hochbeet ist schön bunt gereift, schnell geputzt und zubereitet wie Spinat. Mit gedämpften Lachs mein Leckerchen des Tages. Auch der Dame schmeckt es. Wäre ich jetzt im Urlaub, wäre es faul geworden oder verdorrt, dieses edle Gemüse.

Bis dahin, kein Telefon, kein Internet, kein Fernsehen, kein Radio. Aus der Welt? Na dann muss man jetzt doch die Spiele der Jugend der Welt in Rio de Janeiro schauen. Das hätte ich nach dem Strandbesuch auf Usedom jetzt auch gemacht. Muss jetzt nur nicht soweit dafür fahren.

Nach der Dämmerung schicken mich die endlosen Ballwechsel der Tischtennisspieler und die ahnungslosen Politschwätzer bei Plasbergs hart aber fair ins Reich der Träume.

Motto des Tages: slow down

Gericht des Tages: pochierter Lachs an bunten Mangoldstückchen, eigener Herd

Bier des Tages: Früh Kölsch. Und das in Franken!

Autokilometer des Tages: 5

Politischer Witz des Tages: Trump sagt, die USA hätten niemals Saddam Hussein vertreiben dürfen.

Fazit: Es war ein langweiliger Tag. Aber schon erholsam und vor allem staufrei. Was wichtig ist in Zeiten des Dauer- und Immerstaus in Zeiten des Verkehrswegeplan- und Mautministers Dobrindt.

2. Tag – Dienstag, 16 August

Die Nacht war ruhig. Erst um halb neun geht's raus aus den Federn.

Der Himmel ist blau. Schon wieder. Es wird 25 Grad warm heut. Gute Aussichten.

Frühstück wie immer. Das dreihundertachtundsechszig Sekunden Ei aus echter Freilufthaltung vom Bauern nebenan perfekt. Das unabhängige, überparteiliche Käseblatt dünn wie immer und mit der einzigen wesentlichen und lokal wichtigen Nachricht, dass zwei Hollywoodgrößen den grünen Hügel besuchen. So eine Art Wiederbelebungsversuch für die in diesem Jahr durch die Kanzlerin herbeigerufene sogenannte „angespannte Sicherheitslage" in der Versenkung verschwundenen Wagnerfestspiele, dem Klassikgral der Deutschen, am grünsten aller grünen Hügel. Sagte ich schon, dass ich die Farbe „Grün" nur noch in Fauna und Flora ertrage? Francis Ford Coppala wahrscheinlich auch. Er trägt nämlich ganz offen seine im Feuersalamanderlook gemusterten Socken zur Schau. Die will ich auch!

Aber wir freuen uns auf den Tag. Sind wir doch dem Bundeswirtschaftsminister (Herr Gabriel hat just an diesem Tag über eine automatisch an die schwankenden Mineralölpreise angepasste Steuergestaltung nachgedacht) quasi in vorauseilendem Gehorsam gefolgt und wollen das unnötige Herumfahren mit dem Auto oder sonstige mineralölgetriebene Mobilität in diesen Sommerferien stark einschränken. Ganz ohne Steuererhöhungsandrohung. Mehr oder weniger freiwillig. Bewegt durch die natürliche Lebenszyklusentwicklung unserer Hündin. Ist die Natur doch schneller und weiser als jede Politik?

Was nun folgt an diesem Tag ist wirklich langweilig. Auch an diesem Morgen drehen wir eine der alten, längeren Runden mit unserer Monika. Vorbei an endlosen Maisfeldern, die hier und da hübsch besäumt sind mit Sonnenblumen.

Wir fragen uns warum. Wir lernen vom alten Bauern nebenan. So sollen die Plagegeister der modernen Maislandwirtschaft ferngehalten werden. Wildscheine mögen wohl keine Sonnenblumen. Zu entdecken gibt es Ackersäume mit ziemlich natürlichen Bewuchs.

Klatschmohn, Disteln, wilder Phlox, Taubnesseln. Vorbei an der Ochsenwiese. Hier stehen auf hektargroßem Areal vier zufriedene schon in die Jahre gekommene Ochsen unterm blauen Himmel. Einer - wir nennen ihn Fred - reibt sich den Buckel an der der Ochsenwaschanlage. Gar nicht grazil. Aber ganz abgeklärt. Imposanter Riese.

Es folgen Gartenarbeiten, Putzkolonnendienste rund ums Haus. Schon wieder gesehen, was passiert ist, wenn man körperlich arbeitet. Vorbereitungen für den Radausflug am Tag, der da noch kommen soll. Vor allem Toureninformationen. So wird der Gepäckträger montiert und neuen Abenteuern im Heimatdorf steht nichts mehr entgegen. Und dann geht's auf unseren schönen Golfplatz über den Dächern des Urlaubsdorfs. Kleines Turnierchen mit Gleichgesinnten mit Blick in die weite fränkische Landschaft. Das Gulasch danach war herzhaft, die Stimmung war hart aber herzlich. Der Tag ist gerettet. Da war noch was? Olympia vielleicht? Ganz viele Medaillen? Gold für Frau Vogel im Bahnradsprint, für Brendel im Kanu. Und für Hambüchen am Reck, dem „horizontal bar". Der Turnergott, phantastisch! Meine Dame des Herzens gewinnt die Damenwertung und verbessert ihr Handicap. Das wird belohnt mit kleinen Preisen und dem Gefühl, man kann es auch noch.

Motto des Tages: Keep the distance

Gericht des Tages: gutbürgerliches, edles Saftgulasch vom Weiderind mit Penne vom Meister Lothar Leipoldt

Bier des Tages: Bayreuther Landbier

Autokilometer des Tages: 12

Politischer Witz des Tages: Der Verfassungsschutz stellt fest, dass die Türkei Aktionsplattform für islamistische Radikale sei. Die Bundesregierung stimmt dem zu. Aber nur hinter vorgehaltener Hand, denn deutsche Wähler – also der ohne zweiten Pass – darf´s nicht wissen.

Fazit: Das Leben ist schön. Es geht auch ohne facebook und sani-fair. Auch kleine Erfolge sind hart erkämpft.

3. Tag - Mittwoch, 17. August

Mal wieder ziemlich gut geschlafen. Durch nichts geweckt, einfach so aufgewacht um acht. Draußen ist es ziemlich still. Windstill. Lärmstill. Allein mit Herrn Tinnitus. Nach dem Pflegedienst am Hund die Füße vertreten im kühlen Garten auf dem morgentaufrischen Rasen. Wie schön es blüht. Hortensien, Fuchsien, Lieschen, Schmucklilien, Rosen. Sogar die Andenken an die Urlaube in den südlichen Gefilden, unsere diversen Oleander, blühen um die Wette. Alles strotzt also friedlich nebeneinander her. Nur der griechische Olivenbaum trägt immer noch keine Früchte. Dieser Tunichtgut. Die Nachbarn schlafen wohl noch. Nur Erika nicht. Die Psychologin putzt schon ihre Mülltonnen.

Blick in den Himmel. An den alten hohen Eichen vorbei, die schon wieder die ersten Eicheln gen Boden schicken. Die erste echte Herbstanzeige. Wolkenlos. Sommerfrische. Dem Ausflug heut steht nichts im Wege.

Ein gutes Frühstück, dann doch noch ein kurzer frustrierter Blick in die Zeitung des Tages. Die Kassenbeiträge sollen steigen. Rente mit 69, 70 oder 80 wird wahrscheinlich demnächst. Zustände wie zu Bismarcks Zeiten. Puuh. Wir produzieren immer mehr Müll. Wir Deutsche sind Vizeweltmeister im Umwelt versauen. Wir killen immer mehr Schweine für den Export und produzieren immer mehr CO2. Über neun Tonnen pro Nase und Jahr! Um das wieder gut zu machen verschandeln wir unsere schönen Landschaften mit Off- und Onshore-Windmühlen sowie Monstertrassen für den Stromtransport für immer mehr Energieverbrauch. Und schon wieder dieser unglaubliche Wirtschaftsminister. Heute zeigt er uns seinen Stinkefinger. Ein feiner Kerl. Vielleicht ein wenig zu dick. Sollte der Gesundheit zur Liebe lieber erst einmal so 20-30 Kilo abnehmen. Andererseits: Politiker brauchen ein echt dickes Fell. Vertreten sie ja nie wirklich ihre eigene Position oder eine eigene Idee. Sondern immer nur die Anderer, mit denen sie dann ihr Geld schwer verdienen müssen. Der pastorale Bundespräsident Gauck findet Burkas gut. Aber gut lassen wir das … Es soll ja ein Urlaubstagebuch werden.

Ein Spaziergang mit Hündin Monika noch und schon werden die Fahrräder Huckepack auf das kleine schuldenfreie Autochen geschnallt. Ja auch hier sind wir zurückgeblieben und haben uns das zu besonderen Sonderleasingkonditionen angebotene vierradbetriebene, schick designte Sportsvehicle verkniffen, obwohl uns das sicher ausgezeichnet zu Gesicht stände. Wir werden uns zur Radtour einige Kilometer um den Urlaubsdorfkirchturm bewegen. Ab in nördliche Gefilde der Oberpfalz. Kemnather Land.

Wir starten am Naturschwimmbad in Immenreuth in den Karpfenradweg und enden auch dort. Vom Start zum Ziel fünfundzwanzig Kilometer. Zweihundertfünfundsechzig Höhenmeter. Der Kampf der Systeme beginnt. Monsieur mit Treckingbike Baujahr 2000, damals mit einundzwanzig

Gängen und Shimano-Bremsen ein technischer Leckerbissen und das non plus Ultra der Fremd-Energie-freien Fortbewegung auf zwei Rädern gegen das nagelneue E-Bike von Madame mit fünf stufenlos und sinnfrei einstellbaren Fahrhilfen von Eco bis Turbo.

Sie natürlich turbo gleich vornweg. Geht ja so leicht. Monsieur muss sich dagegen erst mal warmfahren. Dann gleich gegen den Wind und bergauf. Madame hat noch ein Liedchen auf den Lippen, da pfeift Monsieur - nun bereits zum Opa geadelt - nach zwei Kilometern schon aus dem letzten Loch. Jetzt weiss Opa endlich, wie es den Frauen früher immer ging. Mit Dreigang-Nabenschaltung im Luv der 21-Gänge Rennsporttechnik. Späte Rache. Aber irgendwie stellt es sich ein und es wird ein entspannter Ausflug. Zu einsamen Teichen und kleinen Seen. Mit herrlichen Blicken in eine von den üblichen Industriemerkmalen verschonte mittelgebirgliche Kulturlandschaft. Kein Schornstein, kein Strommast, kein Windrad. In eine Kleinstadt zum leckeren Eis beim seit dreißig Jahren ansässigen italienischen Eismeister. Alle Menschen grüßen. Grüßen! Grüß Gott! Hallo! Und Servus! Keine Trickdiebe und blauweißer Himmel. Kitschig.

Bayerisch. Kaiserwetter. Zum Schluss der Runde, der Herr verschwitzt, die Dame verschmitzt und immer noch mit Liedchen auf den Lippen, ein Sprung ins ziemlich kalte Wasser des Naturschwimmbades Immenreuth. Angenehm kühl und alles angenehm ruhig. Ein klitzekleiner Dackel zum Knuddeln beim Ausgang und der Schwur, ein nächster Hund kommt nicht ins Haus. Wer´s glaubt.

Vor dem Rest des Olympiaabends mit so spannenden Sportarten wie Fußball, BMX-Radfahren, Beachvolleyball nehmen wir mit unseren Leuten noch Platz in einem Kult-Lokal über den anderen Dächern der Stadt, welches wir hier nicht weiter erwähnen wollen, weil dort die Schnitzel nur groß waren. Stattdessen hätten wir besser wieder, wie vor einigen Wochen, in die Tauritzmühle bei Speicherdorf einkehren sollen. Zu Rippchen oder Forelle. Mitten im Wald.

Motto des Tages: Elektrisch Radeln ist wie auf der Rolltreppe links überholen

Gericht des Tages: Stampf

Bier des Tages: Chianti Riserva

Autokilometer des Tages: 62

Politischer Witz des Tages: Erdogan ist ein waschechter Demokrat. Niemand kennt die undichten Stellen im Innenministerium.

Fazit: Politik sollte überflüssig werden

4. Tag - Donnerstag, 18. August

Früh wach. Ausgeruht. Hundepflegedienst. Und der Himmel ist schon wieder blau. Schon vier Tage dasselbe gute Wetter. Wie langweilig. Nur ein einziger Kondensstreifen am Himmel in niedriger Höhe. Sonst sind es viele, viele mehr. Weniger Businesstraffic, weniger Beratershuttles unterwegs? Ich frage mich beim Blick in die Luft und beim Einatmen der frischen Luft in diesem wunderbaren August, wie man ausgerechnet um diese Jahreszeit diese schöne Gegend verlassen kann und in den heißen und immer überfüllteren Süden fliegt oder fährt. Nur um dem Regen, der nicht regnet oder den wenigen Festspielgästen aus dem Weg zu gehen? Den vielen Fremden, die die hübsche Stadt in der fränkischen Toskana heimsuchen und Piazza oder Pasta teurer machen beim Italiener am Hügel?

Ach egal, auch darüber will ich mir heute eigentlich genauso wenig wie über das was in Zeitung steht Gedanken machen. Zumal die Hauptschlagzeile war, dass mehr als doppelt so viele Ratten in der Stadt leben als Menschen. Und Vizekanzlermensch Gabriel lässt unwissend digitales Wissen nach China verhökern und kümmert sich lieber um die Monopolisierung des Lebensmitteleinzelhandels. Aaah.

Ich erwecke mein 76er Julchen, dieses Goldstück der Erinnerungen an die schönen, unbeschwerten Jahre, mal wieder aus ihrem Dornröschenschlaf. Erst danach heiß und kalt duschen und ein Blick in den Spiegel. Der Urlaubsbart ist jetzt schon vier Millimeter lang. Sieht antriebslos aus. Madame geht es ähnlich wie mir. Sie meint, wir sollten den Tag einmal verdaddeln. Was man selten hört von ihr. Erste Anzeichen von Erholung oder eher ein geheimer Plan? Sei es drum. Ich wette, wir werden wieder den ganzen Tag unterwegs sein.

Lasse mich überraschen. Das gehört beim „Verdaddeln" doch dazu. Nach dem rituellen Gang mit der Hündin und der spirituellen Entsorgung der Frühstückskrümel für die kleinen Entlein am nahen Karpfenteich geht's mit dem Radl in die lebenswerte Stadt. Sie natürlich wieder elektrisch. Diesmal allerdings mit großer Rücksicht auf ihren mittelalten Mann (nicht zu verwechseln mit mittelaltem Gouda) nur in Schaltstufe „eco". Da kommt Monsieur, das Mittelalter, der sogenannte „best ager" ganz gut mit. Seit langem mal ins beliebte Einkaufszentrum. Konsumtempel. Besuchermagnet. Fahrräder doppelt gesichert. Wer weiss schon ob der rauchende Vietnamese neben den Parkplätzen nicht doch ein Fahrradentführer ist. In diesen Tagen und dazu um diese Uhrzeit ist es hier erbärmlich leer. Man fragt sich wozu ein solches Monstrum überhaupt gebaut wurde. Gut, zugegeben an Weihnachten betreten wir diesen Tempel nicht. Die Kosmetikartikel, ein Buch für die wenigen Lektürestunden und neue Unterhosen für mich. Natürlich „slim fit". Vielleicht hilft es ja noch. Weiter geht's im Sausetritt. Schnell durch die Zone ohne Helm und das Fax in ihrem Büro kontrollieren. Immer im Dienst. Großer Umweg über das hippe Autohaus mit dem feinen grauen Fassadenoutfit. Der große Umweg bringt einen extra Berg. Macht aber nix. „Ab hier geht´s mir immer gut" singt sie in die Luft und lässt mich wieder mal quasi stehen und uropaalt aussehen.

Wieder Gassi. Zweites Frühstückchen. WhatsApp an die Kleine. Und schon steht der nächste Tagesordnungspunkt. Fridolin, der schönste rote Shetländer des Planeten hat heute Fußpflege. Früher hieß das: der Hufschmied kommt. Da müssen wir hin. Dem Pferdchen das Händchen, ach die Hufe halten. Vespa oder Julchen? Die Wahl fällt auf die 40 Jahre junge rassig rote Alfadame. Zwar müssen wir zahlreiche orthodox und unorthodox anmutende wie wichtige oder vollkommen überflüssigen WLAN-Baustellen des Herrn Söder und andere wichtige oder seit zwanzig Jahren überfällige Baustellen des Bundesverkehrswegeplanministers Dobrindt umfahren, erreichen statt nach 20 Kilometern erst nach 35 Kilometern dennoch den Zielort.

Gemütlich war es dort. Der Hufschmied wirkt wie aus der digitalen Zeit gefallen. Der Handwerker im allerbesten Sinne, sprichwörtlich bewaffnet mit Hufmesser, Hufschneidezange, Raspel, Amboss und Hammer, ist ein netter Unterhalter. Nicht nur für die Pferdchen. Er unterhält auch uns eine Weile. Dann zieht der Facharbeiter mit seinem mobilen Feuerchen weiter. Und wir auch.

Drum herum um die Baustellen der Hoffnungsträger der CSU. Das Ziel ist ein Aussichtpunkt ins Mainleuser Land, Göhrauer Anger. Wir möchten Drachen starten sehen und eine Brotzeit. Aber die Baustellen verhindern das. Umleitungen? Fehlanzeige. Wir finden trotzdem hin. Auch ohne Navi. Der Wirt hat vielleicht keines oder ist lieber gleich zu Hause geblieben. Fränkischer Pragmatismus. Rückwärts umfahren wir die Baustellen nun weiträumig auf der anderen Seite. Durchqueren eine schnurgerade nicht enden wollende Straße im Staatsforst und begegnen lästigem Gegenverkehr. So wie es staubt und Steine fliegen fühlen wir uns wie im unbekannten australischen Outback. Manchmal im Blindflug.

Bis wir Hunger bekommen. Und da ist plötzlich doch die Rettung. Eine Verpflegungshütte. Waldhütte genannt. Einst staatlich bayerisches Forsthaus. Dann für lange Zeit Ausflugs-Kultlokal zum fränkischen Sonntagsbraten und Klos mit Soß. Heute ganz bescheiden mit wiederbelebenden Milliönchen ausgebaute Edelkantine für den müden Wanderer, der es nach allen Schrecken aus dem sogenannten Teufelsloch oder dem Aftergraben doch noch in den Biergarten schafft. Übrigens ganz schön das alles. Alles was die Idylle stört sind diese modischen überdimensionierten Sonnenschirme der die Region beherrschenden Brauerei, deren Schriftzug noch größer scheint als der Schirm selbst. Anachronistisch irgendwie. Und geschmacklos. Ganz im Gegensatz zum leckeren, herkunftslosen Waldhüttenbier, ein ehrliches, gut gekühltes Landbier irgendeiner „feindlichen" Brauerei, dem köstlichen Brot und dem frischen Kren auf dem kalten Braten. Julchen ganz grau geworden wartet auf uns und bringt uns heim. Über Stock und Stein. Pünktlich zum Blumengießen.

Motto des Tages: Nix denken. Nix lenken.

Gericht des Tages: Kalter Braten, frischer Kren, Obatzter, Waldhüttenbrot

Bier des Tages: Waldhüttenbier

Autokilometer des Tages: zu viele.

Politischer Witz des Tages: Heute sagt Gabriel mal nichts, was morgen in der Zeitung steht. Er macht Diät.

Fazit: Auch „Verdaddeln" muss gelernt sein

5. und 6. Tag / Freitag, Samstag, 19. und 20. August

Es wird sowohl für den strandreisenden Pauschaltouristen als auch für den global geführten Abenteurer zwar unwahrscheinlich klingen, aber es sieht so aus als würde bereits nach wenigen Tagen ein erster Erholungseffekt des Zurückgebliebenen in seinem Heimaturlaub einsetzen. Und ich wette: Egal in welcher Provinz sie zurückbleiben die Zurückgebliebenen, ich kann mir vorstellen, dass dieser Effekt in allen Gegenden des Landes, die landschaftlich reizvoll und lebenswert sind ähnliche Erlebnisse und Erfahrungen möglich ist. Oder wird man etwa nur mit regelmäßigen Wellness-, Fern- und Bildungsreisen steinalt? Warum gibt es zu dieser interessanten Frage eigentlich noch keine wissenschaftlichen Studien?

Vielleicht weil dabei herauskommt, dass zumindest Reisen in ferne Länder generell mehr Stress verursachen als gewünscht, dass seltene Krankheiten auftreten, eingeschleppt werden und behandelt gehören. Dass es krank macht und eifersüchtig, wenn der Arbeitskollege anscheinend das bessere „all-you-can-Angebot" genießen durfte? Dass Millionen und aber Millionen Reisekilometer mit Auto, Bahn, Flieger und Schiff nicht unbedingt zielführend in Sachen Klimaschutz und damit für die Atemwege sind? Ja, wir schlauen Deutschen Reiseweltmeister schaffen zwar die Atomkraft ab, blasen aber Millionen von Tonnen CO_2 allein für das Urlaubserlebnis ziemlich hirnlos in die Atmosphäre. Ist das dekadent, schizophren oder einfach nur einer der unauflösbaren Zielkonflikte unseres Systems, unserer Zeit?

Und vielleicht kommt bei dieser wissenschaftlichen Untersuchungsreihe ja sogar auch heraus, dass der regelmäßige Urlaub gar nicht ursächlich dazu beiträgt gesünder und älter zu werden? Ich habe da so meine Zweifel. Meine Oma Mathilde, geboren im Jahr 1899, wurde 97. Sie war nie im Urlaub. Wie ging das eigentlich? Vor dem Hintergrund von zwei schrecklichen Weltkriegserlebnissen, in Zeiten mit Versorgungsnöten und ohne Kinder- und Betreuungsgeld?

Nun gut. So weit zu den mehr oder weniger philosophischen übergreifenden Betrachtungen dieser Tage.

Hier vorab die allerwichtigste Erkenntnis der beiden Heimaturlaubstage. Es ist zwar nur ein langweiliges Detail, aber im Wettstreit mit den Sonnenhungrigen an den

Stränden der Welt verteilten Urlaubsweltmeister ist es essentiell sich diese Nachricht bewusst zu machen und zu senden. Die Sonne scheint schon wieder und das seit sechs Tagen. Von morgens bis abends. Die Temperaturen 24 bis 26°. Nicht zu warm, nicht zu kalt. Alles ist möglich. Sonnenbad, Schwimmbad, Schaumbad.

Die zweite wichtige Erkenntnis dieser beiden Tage für uns Balkonier, wie man uns auch nennen könnte, folgt. Es gibt Hobbies, die füllen jeden Urlaubstag. Oder das Sommerloch. Wenn dieses Hobby geliebt wird. Dem Hobby ist es dabei ganz egal welchen Menschen es findet. Hauptsache er findet einen leidenschaftlichen Menschen. Jedes Hobby hat seinen Reiz. Egal ob im Verbund mit Kultur, Natur, Sport oder Sozial.

Der Tag vergeht im Flug, wenn Dein Hobby zum Urlaub wird und nicht der Urlaub zum Hobby verkommt. Wir ließen uns auf unser Freizeitvergnügen, das Golfspiel, ein. Und zwar leidenschaftlich. Zunächst zwei Tage lang.

Von morgens bis abends. Im Prinzip bereits die Vorbereitung auf „ihr" Urlaubsprojekt. Ich ahnte es schon. Wollte es aber nicht wahrhaben. Deshalb gibt es aus diesen

Tagen auch nicht viel anderes zu berichten, als das was mit diesem Sportspiel zusammenhängt. Wie schon gesagt, das

Wetter gut. Immer noch dieser bayerische, dieser blau-weiße Himmel. Ein leichter Wind. Eine herrliche Aussicht über unser Land. Und sonst? Unser Sport, unser Spiel, unsere Leidenschaft, die zuweilen Leiden schafft aber auch einige Freude und Ausgleich. Birdie´s, Par´s und Bogie´s. Alles nah beieinander. Zwar kein Mannschaftssport; es menschelt dennoch gewaltig. Nach vier oder fünf Stunden über die achtzehn langen Bahnen mit ihren kleinen fiesen Fallen und optischen Täuschungen kennst Du deine oft wildfremden Mitspieler im Flight. Ob mit oder ohne Worte. Nach meiner Runde mit einem guten Freund und Vereinsoffiziellen kann ich einen neuen Beitrag zur Sammlung der geflügelten Golfersprüche in den Raum stellen: „Golfspieler, die auf der Runde viel reden, scoren auch hoch". Du weißt also, wer er ist oder wie sie ist. Und sie wissen wer oder was Du bist. Psychogrammatik für den Alltagsgebrauch. Herrlich. Ziemlich beflügelnd oder ziemlich anstrengend zuweilen. Physisch und mental. Verlorene Bälle sind wie verlorene Kinder. Kleine, unschuldige grüne Grashalme tragen Schuld. Roughs gehören verboten, auch wenn sie eigentlich nicht ins Spiel kommen. Schattenwerfende Bäume sind Fluch oder Segen. Den zweiten Abschlag kann jeder Depp. Besonders inspirierend sind aber die Menschen mit optimistischer Grundhaltung: „Die Flugkurve Deines Balles hängt ab von der Beschaffenheit deiner Gedanken und nicht von der Beschaffenheit des Grüns. Und schon gar nicht davon aus welcher Richtung der Wind bläst". Was auch immer. Die, die es leicht nehmen, gewinnen den Tag. Nicht unbedingt das Spiel. Die die das Spiel nicht leicht nehmen aber am Ende gewonnen haben genießen den Tag im Nachhinein. So kommt alles ins Gleichgewicht. Spätestens dann, wenn die besten Schläge am 19. Loch gelingen. Ein Hobby zum Auftanken nach dem Superkompensationsprinzip. Kräfte tauschen. Deshalb fällt man abends wahrscheinlich bereits mit dem Sonnenuntergang todmüde in die Federn. Wir waren dabei. Bis zur Erschöpfung. Für kleine Preise, manchmal ein besseres Handicap und gute Laune.

Motto der Tage: Liebe Deine Familie, Deinen Beruf und Dein Hobby

Gerichte der Tage: Grillpotpourri / Penne mit Tomatensugo aus dem Reformhaus

Bier des Tages: Junger Cotes de Gascoigne (Menard)

Autokilometer pro Tag: 12

Politischer Witz des Tages: Italiens Ministerpräsident Renzi lädt Merkel und Hollande auf einen Flugzeugträger zum „Pakt für Europa" ein. Wie? Jetzt schon?

Fazit: Die Welt ist bunt. Aber sie spinnt.

7. Tag – Sonntag, 21. August

Wir waren unentschlossen. Planlos quasi. Deshalb ist nicht viel passiert. Ein richtiger Urlaubstag halt. Den zahlreichen Empfehlungen des Lokalblättchens zum Gelingen des Wochenendes und der Ferien folgen wir nicht. Alles nur so Sachen, die Konsumenten gegen Eintritt Freude machen: Tropfsteinhöhlen, Seilbahnen, Zipper-Parks, Hochseilgärten, alpine Coaster im Mittelgebirge…

Stattdessen auf´s Rad. Wie immer elektrisch gegen Muskelkraft. Der Anstieg zum Donndorfer Schloss Fantaisie wird mein erstes Waterloo des Tages. Triumphierend wartet die elektrische Radlerin am ersten kleinen Gipfel und fotografiert genüsslich den abgeschlagenen zweiten Sieger der ersten Bergwertung. Durch den Park an Familie Singschwan vorbei. Singschwan Senior schimpft kräftig mit uns, als er bemerkt, dass unsere Taschen heute leer sind und keine Brotkrumen seinen Hunger stillen werden. Begleiterins schlechtes Gewissen ob der hungernden Schwäne und Stockenten beruhigt sich erst als sie erkennt, dass da ganze Heerscharen von Vätern mit ihren Kleinen und tierschützenden Rentnern ihre Rucksäcke voller intakter Lebensmittel an die Not leidenden Tiere entleeren.

Nach dieser kurzen Erholung ist das was folgt Niederlage Nummer zwei. Der Anstieg vom See zum Schloss ist zwar nur knapp dreihundert Meter lang, zu überwinden ist jedoch ein Höhenunterschied von ca. 40m. Im Nu ist die Elektrofrau um die erste Haarnadelkurve entschwunden. Ich versuche die Herausforderung ökonomisch anzugehen und meine paar

Körnchen schlau einzuteilen. Als mir mein eigener Atem Angst macht, denke ich kurz ans Absteigen, rede mir aber ein, ich sei der jüngere Bruder von Rudi Altig und schaffe es zum Ziel. Eine wunderbare Ablenkung im Cafegarten des Schlosses Fantaisie hält die Siegerin davon ab Triumphfoto Nummer zwei vom völlig verschwitzten Gipfelstürmer zu schießen.

Eine Jazzkapelle spielt vor hundert Menschen aus dem Ort. Alljährliches Ritual wie uns Freunde sagen, mit denen eine gemeinsame Brot- bzw. Kuchenzeit auf den typischen deutschen Biergarnituren geht. Small-Talk und Kurzweil ohne Planung. Was wir erfahren ist, dass es Einiges zu besichtigen gibt im Schloss. Das Spindlerkabinett zum Beispiel wird uns besonders ans Herz gelegt. Und dass das Fahrradfahren im Schlosspark verboten ist. Och. Die Wertung für Etappe zwei wird demnach gestrichen. Mein Erfolgserlebnis nicht.

Wir brechen auf zur dritten Bergetappe von Donndorf auf den Roten Hügel. Da halte ich doch ganz locker mit und fahre auf diesem Abschnitt dank eines wunderschönen Ausblicks in die Landschaft und vor allem einer langen und mutigen Abfahrt nach Moosing den Sieg ein. Der

Wettkampf der Systeme endet an diesem Tag also noch einmal mit einem Unentschieden.

Der Rest des Tages ist ein pflichtgemäßer Altenheimbesuch bei Muttern inclusive Rollstuhlkrafttraining, dann Beine hoch, Lesen und ein paar Medaillen aus Rio noch.

Motto des Tages: Kein Plan ist auch ein Plan

Gericht des Tages: Weißwurst und süßer Senf

Bier des Tages: Maisels Weisse

Autokilometer pro Tag: 0

Politischer Witz des Tages: Es ist Sonntag. Politiker dösen auch.

Fazit: Ohne Plan wird Freizeit Pflicht.

8. Tag – Montag, 22. August

In dieser Nacht hat es noch nicht geregnet. Aber es ist kalt am Morgen. Höchstens 14 Grad. Der Tag beginnt also wie vorhergesagt. Macht aber nichts.

Das Programm steht fest. Meine Dame des Herzens hat sich für die zweite Woche des Urlaubs fest entschlossen. Ihr Projekt heißt: „Clubmeisterin Damen 2016". Wenn schon Urlaub daheim, dann muss da doch etwas dabei herauskommen. Das ist für mich eine nicht unerwartete Kehrtwende dieser Tage. Denn ich kenne meine Liebe ja nun schon etwas länger als ihr, liebe Leser dieser Zeilen. Der Tag besteht also außer dem Frühstück mit frischen Brötchen vom einzigen unter geschmacklichen und handwerklichen Kriterien haltbaren Bäcker der näheren Umgebung (in Heinersreuth) und dem Super-Aroma-Selbstmacher-vom-eigenen-Erdbeerfeld-Fruchtaufstrich von Großmutter Kolb vom Hof nebenan aus nichts anderem als Golftraining und Golfspielen. Spielen. Bälle schlagen, Chips üben und Pitches. Und Puts. Technik, Technik. Üben. Üben. Üben. Und Spielen. Zu meinem Leid nichts gezockt.

Also der Tag vergeht mal so …. Mit Disziplin und Anstand.

Und doch noch ein kleiner Ausflug mit der alten roten Italienerin auf die hohe Theta. Zusammen mit dem Sohnemann. Hätte ich ihn gesehen, wenn ich verreist wäre? Herrlicher Biergarten in altem fränkischen Dreiseithof. Einfache Speisen. Unter Walnussbäumen. Mückenfrei.

Motto des Tages: Von wegen: „Kein Plan"

Gericht des Tages: Obatzter mit frischen Thetabrot

Bier des Tages: Theta Bier

Autokilometer: 20 km

Politischer Witz des Tages: Nichts Auffälliges

Fazit: Es gibt noch gute Lebensmittel

9. Tag – Dienstag, 23. August

Der Dienstag folgt dem Montag. Keine Zeitung gelesen. Keine sozialen Netzwerke bewegt. Von Gabriel schon länger nichts mehr gehört. Ungewöhnlich. Er muss wohl auch Urlaub machen an einem Ort noch ohne Söders WLAN.

In jeder Beziehung bestand der Tag aus Golfplatz pur. Training für die Dame. Ihr Matchplay gegen einen imponierenden Mann mit einem schönen Golfschwung und zwei lieben Hunden, die Golfbälle finden. Beneidenswert. Sie gewinnt trotzdem an Bahn 16. Drei auf. Das war ihr Tag. Auch meiner. Der aber nicht ganz so erfolgreich. So genanntes Afterworkgolfen mit gleichgesinnten Golfsüchtigen. Was die beiden zwölfjährigen Damen im Flight vor uns heute gearbeitet haben - es sind ja Schulferien und Kinderarbeit in Deutschland nicht erlaubt - wissen nur die Golfgötter. Immerhin ein paar Bekannte getroffen. Über dies und das sinniert auf der Runde. Gerne bei den Wartezeiten an den Abschlägen. Die erhöht gelegenen Abschläge des Platzes geben immer wieder den Blick frei auf die schöne Landschaft, die an die sanften Hügel der Toscana erinnert. Weshalb die Gegend von ihren

Bewohnern auch liebevoll fränkische Toskana genannt wird. Eine Vielzahl von Windrädern „onshore" entstehen soweit das Auge reicht auf den bewaldeten Bergrücken der Ausläufer der fränkischen Schweiz und trüben inzwischen leider die ehemals schönen Aussichten. Für den ganzen Strom den wir so brauchen im Zeitalter der Elektrifizierung und Digitalisierung. Über das damals gut funktionierende Straßenbahnnetz will dennoch niemand mehr nachdenken heutzutage. Schon gar nicht die sogenannte grüne Partei, eine ehemals ökologisch ausgerichtete Bewegung.

Zwei Jahre später, also zur Zeit der dritten Auflage dieses Büchleins werden erschreckte Nutzer all dieser neuzeitlichen Errungenschaften den Export von Elektroschrott nach Afrika und die Ausbeutung der dort lebenden Zivilisations-Sklaven bedauern.

Die Atomkraft ist zwar abgeschaltet, das erste „ökologische" Hauptziel der grünen Truppe erreicht. Und der Strom kommt immer noch aus der Steckdose. Am liebsten auch immer und immer mehr davon zum stetigen volkswirtschaftlichen Wachstum. Statt Energievermeidung geht es den von Zahlen-, Daten- und Fakten befreiten Hofreitern und seinen kühnen Sarazenen nur darum die Quelle für das Elektrifizierungsglück zu verlegen. Das wirtschaftliche

Glück, welches entsteht, wenn die Individualmobilität zunimmt. Wenn alles und jedes elektrifiziert wird. Autos, Fahrräder, Rollstühle, Zahnbürsten, Fensterputzutensilien, Kerzen und so weiter. Alles elektrisch und so schön sauber und immer schön nachhaltig aus Wind und Sonne. Sogar für unser Spiel, seinerzeit so archaisch und mit der Natur verbunden bei Wind, Regen, Nebel und Hitze, benötigen wir inzwischen ganz viele elektronische und elektrische Helferlein, um ein mittelmäßiges Handicap zu erspielen. Und die immer komplexer werdenden Regeln im Netz abzufragen. Elektrocaddies, die nach jeder Runde eine frische Batterieladung benötigen genauso wie die ebenso praktische wie in der Regel etwas klobige Golferuhr mit Navigationsfunktion, damit man auch die richtige Fahne anspielt und nach einigen hundert Metern vom Abschlag entfernt das 10,79 cm große Loch schließlich auch findet. Weit gefehlt wäre aber zu vermuten, dass solcherlei Spielereien nur Golfer aller Altersklassen beflügeln. Du beobachtest den Wanderer, den Jogger, den Radler, der in seiner zeitgeistigen Ritterrüstung auf seinem Drahtesel den Golfplatz kreuzt, beim Studium der diversen App´s. Ob es mehr Spaß macht? Ob es die kognitiven Fähigkeiten fördert?

Ich meine neulich gelesen zu haben, dass die natürlichen Instinkte und kognitive Wahrnehmungsfähigkeit des Menschen bei ständiger Anwendung elektronischer Helferlein dieser Art verloren gehen können. Allerdings mit dem genialen Nebeneffekt, dass Menschen im Allgemeinen und Sportler im Speziellen mit weniger ausgeprägten Sinnen den Wettbewerbsvorteil von Naturtalenten ganz gut ausgleichen können. Früher nannte man sie „Materialspieler". Nun gut, das war der Sinn der Übung von Bill Gates und seinen Freunden. Das Internet als Mittel zur Chancengleichheit in einer vollkommen globalisierten Welt mit freiem Waren- und Menschenverkehr. Das haben wir ja ganz gut hinbekommen. Allen macht es Spaß und zumindest das Klicken und Liken treibt die Konjunktur und die Aktienkurse neuer, innovativer Geschäftsmodelle. Daneben gibt es zwar ein paar Kommunikationsschwierigkeiten, weil noch nicht jeder die gleiche Sprache spricht und nicht alle die gleichen Werte teilen. Worte wie Liebe und Hass, Kultur und Rasse, links oder rechts werden völlig neu interpretiert. Und ganz wild. Es gibt keinen unparteiischen Moderator mehr. Aber das macht nichts. Denn das alles wird ja total überbewertet. Kinderkrankheiten der neuen Weltordnung.

Und ganz nebenbei treibt der Spaß auch erfreulicherweise den Energieverbrauch. Dieses Netz mit all seiner Hardware und den Milliarden von Interaktionen verbraucht die kaum nennenswerte Strommenge von 900 Terrawatt pro Jahr. Tendenz steigend. Wie Forscher an der TU Dresden errechneten, sind die Zuwächse beim Energieverbrauch des Internets immens. Demnach soll das Web um 2030 bereits so viel Strom verbrauchen, wie heute die gesamte Weltbevölkerung. Allein die Versorgung des spaß- und Renditebringenden zivilen Ablegers dieser einstmals militärischen Technologie erfordert also weltweit den Aufbau von zig-Millionen Windrädern oder Sonnen-Kollektoranlagen. Schöne neue Welt. Rotoren statt Bäume!

Motto des Tages: Genieße den Blick in die Landschaft, solange es noch geht

Gericht des Tages: Currywurst

Bier des Tages: Mönchshof Märzen

Autokilometer pro Tag: 12

Politischer Witz des Tages: Das Internet macht alle gleich und reich

Fazit: Zurück zum Tragebag

10. Tag – Mittwoch, 24. August

Ein guter Sportwissenschaftler, ein guter Trainer und sogar Jogi Löw wissen: Das Match gewinnst Du nicht nur mit Technik. Auch nicht allein mit Kraft oder mit Ausdauer. Du gewinnst mit Erfahrung. Mit einem Kapitän aus dem Ruhrgebiet. Mit mentaler Stärke. Erholungsphasen beschleunigen die Superkompensation. Nach diesem Grundsatz heute komplett Drive-, Pitch- und Put-frei. Lange schlafen. Wieder der Blick in den wolkenlosen Himmel am Morgen. Grauenvoll. Ich habe Mitleid mit den zahlreichen zahlenden Gästen in Oberbayern. Da soll es schon seit Tagen wie aus Eimern schütten … Gut sei´s drum: Der Tag beginnt wie immer mit dem Monika-Gang. Enten-Fütterungsritual. Warum muss ich dabei immer an Engelbrecht denken? Keine Ahnung.

Schon nach kurzer interner Abstimmung während dieses alltäglichen Abschieds-Spaziergangs mit Hündin Monika entscheiden wir „golffrei" heute. Erste Aktion: Teile des Gartens von solchen Feinden befreien, die die Natur vorschickt um die Spuren der Menschheit schnellstmöglich vergessen zu machen. Klartext: Ich ernte Efeu an Hauswänden und in Beeten in rekordverdächtigen Mengen und entsorge das Unkraut vorschriftsmäßig und so wie es unsere Gäste aus dem Ausland immer wohlwollend in den Interviews mit der hiesigen Presse feststellen gut getrennt im Wertstoffhof. Dort ist übrigens genauso viel Verkehr wie kaum eine Stunde später am Supermarkt-Parkplatz, wo die soeben entsorgten Behältnisse frisch gefüllt mit leckeren Milchprodukten, Tomatensaucen oder Fleisch-Pflanzerln wieder heimgebracht werden.

Nun ich werde mir den Tag deswegen auch wegen der drangvollen und aggressiven Enge auf dem Entsorgungsparkplatz am Mittwochmorgen um ½ 10h nicht verderben lassen. Und wir starten nach dem zweiten Frühstück in unser ganz privates Erholungsland. Fichtelgebirge. Kennt niemand? Oder wähnt es an anderen Längen- oder Breitengrad? Macht nix. Meiner Meinung nach kann das ruhig so bleiben. Auch wenn die hiesige Universität die Region gerne zu einem boomenden Wirtschaftsraum machen möchte. Silikon Valley und Harvard in einem.

Wir fahren die Straßen hinein in unser ganz privates klitzekleines Urlaubsvergnügen. Kaum ein Fahrzeug welches uns hinter der Stadtgrenze begegnet. Am Ziel in

Fleckl am Moorbad mal gerade zwölf Autos. Hochgerechnet 27 Menschen. Ist mir schon fast zu viel. Zu voll. 300 Meter zum Bad. Eidechsen kreuzen den Weg zum Moor. Die Auswahl eines geeigneten Liegeplatzes für unsere Decke und unser Handtuch in der Sonne, im Schatten oder im Halbschatten fällt nicht schwer. Nette Kinder, die nicht übermäßig lärmen. Erfahren ihre Körper und ihre Sinne im natürlichen Moorschlammbad. So wie wir ein paar Minuten später. Herrliche Ruhe. Die modernde Pampe umfließt unsere Körper. Erst kalt. Dann immer wärmer werdend. „Rilecksen" denk ich und lasse mich fallen. 15 Minuten später stehen wir unter eiskaltem Strahl um die Moorpackung abzuspülen. Kann Wasser kalt sein! Viel kälter als unter der Frühmorgens-Warmdusche. Aber erfrischend.

Ich bin doch ein alter Naturbursche denke ich jetzt stolz und wir stürzen uns mit den Resten der Moorpackung in einigen Körperritzen in den naheliegenden Schwimmteich und schauen auf dem Rücken schwimmend in den stahlblauen Himmel Oberfrankens. Wir lieben das! Urlaub! Zuhause!

Die Sonne wärmt uns noch eine gute halbe Stunde lang den Rücken. Dann ziehen wir weiter. Zum ziemlich unbekannten Örtchen Fleckl. Hier genauer gesagt zum

Parkplatz Ochsenkopfseilbahn Süd. Wir sagen uns, wir spielen Seniorengolf, ergo dürfen wir auch mit der Bahn nach oben. Wir genießen den Ausblick vom, von wilden Flugameisen komplett besetzten, Bischofsgrüner Asenturm und den Felsen auf dem schon Goethe saß, in alle Himmelsrichtungen. An Momente wie die Fahrt bergab bei lauem Sommerwind könnte ich mich gewöhnen.

Motto des Tages: Badevergnügen

Gericht des Tages: Brotzeit

Bier des Tages: Jeff´s Indian pale ale

Autokilometer pro Tag: 50

Fazit: Auch im Moor lässt sich´s entspannen

11. Tag - Donnerstag, 25. August

Es wird langweilig. Es wird schon wieder ein schöner Tag. Heute ist mit Temperaturen um die 30 Grad zu rechnen. Bienen im frühen Garten. Und Schmetterlinge umtanzen ihren Flieder. Gesundes Frühstück. Müsli. Obst und Vitamine. Kaffee muss sein.

Von Vizekanzler Gabriel hört man wieder nichts. Noch nicht einmal zu der gut ins politische Sommerloch platzierten Nachricht, den Appell der Regierung, bitte doch wieder Vorräte anzulegen. Ein Aufruf zum Hamstern. Zivilschutz. Einige Zeitgenossen stürmen den Zoofachhandel. Beim Kauf meiner wöchentlichen Mineralwasserration im Getränkemarkt spielen sich Szenen ab wie damals als der Medienmarkt oder die inzwischen bei allen Deutschen beliebten Discounter die ersten leistungsfähigen PC´s der inzwischen toten Marke Peacock zu Schleuderpreisen unters Volk brachten.

Aber eigentlich gibt es Wichtigeres. Nämlich „unsere" Projektwoche Golfmeisterschaft.

Dennoch ein kleines Zeitfenster für meine handwerkliche Tat des Tages. Weiter Efeu stutzen rund ums Haus. Farbretuschen an der Wand, die er bewohnte.

Dann der Fokus. Trainerstunde. Professionelle Tipps vom Pro. Dreihundert Bälle mit Eisen und Hölzern. Länge. Flugbahn. Begleite meine Favoritin zum Abschlag eins und hetze mit ihr im Elektro-Car über die Bahnen. Im Sauseschritt, elektrisch leise vorbei an denen, die zu Fuß gehen und den Sommer und die Landschaft genießen. Ich habe ein schlechtes Gewissen. Aber Spaß macht´s auch.

Die Hitze wird unerträglich. Ein Score zum Weinen. Eine Golfrunde zum Abgewöhnen. Durstlöschende Getränke sind gefragt. Ich glaube es waren fünf Liter an diesem Tag. Es ist gut die Gegend zu kennen. Am Rückweg, in einer Abzweigung nahe der Walkmühle gibt uns ein erfrischender Kneippgang im kniehohen, eiskalten Wasser des Flüsschens Steinach die Lebensgeister zurück. Einige Meter vor ihrem Verschwinden in den roten Main. Herrlich wie die Frische die Beine aufwärts in den überhitzten Körper zieht und die schlaffen Venen vorgeben, sich zu erholen. Zuletzt in leichter Kleidung ein windumspielter Ausflug auf der gelben Vespa in den Kolb´schen fränkischen Biergarten am südlichen Fuße des grünen Hügels. Gut besucht. Der Tag klingt aus. Eine kleine Kolumne zum Schluss. Denn irgendwie hat mich das Hamsterthema schon früher beschäftigt, jetzt lese ich eine halluzinative Kolumne meines Freundes Karl Szrek:

„Ich bin ein Hamster

Ja! Ich gebe es zu. Ich bin ein Hamster. Und ich bin wirklich von gestern. Denn schon gestern und vorgestern hatte ich das Gefühl: So kann es nicht gut gehen mit dieser schönen neuen Welt. Unendliches, explosionsartiges Wachstum der Weltbevölkerung. Zuletzt 1,6 facher Verbrauch der natürlichen Ressourcen dieser Mutter Erde pro Jahr. Energieverschwendung, schwindender Lebensraum, Plastikmüll, Verteilungskämpfe. Völkerwanderungen, Kriegsahnungen. Ich habe mir deshalb bereits vorvorgestern einen Atomschutzbunker gebaut und Lebensmittel-Vorräte für die nächsten 24 Monate angelegt. Wasser vor allem. Ich habe alte EPA-Paket-Vorräte der ehemaligen Bundeswehr in großem Stil aufgekauft und dabei darauf geachtet, dass das Haltbarkeitsdatum auf mein vermutliches natürliches Todesjahr 2049 datiert ist. Gestern galt ich natürlich noch als Spinner. Sogar der Spiegel und der Stern haben über mich berichtet. Ich wurde als „Der Hamsterer" denunziert.

Zeitweise wurde ich deswegen auch schon stationär psychatrisch mit allen Mitteln der Kunst behandelt. Einige Monate lang. Inzwischen bin ich wieder auf freiem Fuß und genieße das Leben. Man hat mir dort in der

Therapie erklärt, es sei doch viel einfacher, zivilisierter und viel Spaß bringender, einen ordentlichen Pokemon-Vorrat zu jagen, denn die seien ja auch schön eiweißhaltig. Und man hat mich überredet, in diesem Jahr reichlich Computerballerspiele auf der Kölner Spielemesse unter dem katholischen Dom zu erwerben, um dann im Ernstfall gemütlich und gut gelaunt im eigenen Partykeller den Feind ohne echtes Blutvergießen noch besser vernichten zu können, bevor mich der atomare Blitz aus dem echten System schnell und schmerzlos verenden lässt. Den Bunkerplatz meiner Vorräte habe ich trotzdem aber niemanden verraten. Auch dem Lothar und dem Heiko nicht. Dort draußen, tief im Wald, acht Meter unter der Erde. Bewacht von meinem Dachs.

Als ich heute die Nachrichten der öffentlichen und rechtlichen Rundfunkanstalt las wusste ich nun warum sie mich wieder laufen ließen. Sie wollen die Spur aufnehmen zu meinen Vorräten. Für den Notfall. Für die Versorgung von über achtzig Millionen Deutschen und ihren zahlreichen Gästen über ein paar Tage. Für den unwahrscheinlichen Fall eines konventionellen Krieges?

Falls das Trinkwasser vergiftet wird? Falls es keinen Strom mehr gibt, mit dem die Kühlkette von der Nordsee zum Mittelmeer und aus dem Pazifik nach Hamburg sichergestellt wird? Oder wenn der soziale Einwanderungsstaat endlich auseinanderfällt und keiner mehr sozial sein will? Weil Bill´s, Marc´s, Jeff´s und Steve´s Systeme unter chronischem Virenbefall leiden? Oder nicht mehr genügend Strom zum Betrieb desselben zur Verfügung steht? Weil die Blasen platzen? Oder weil Trump den Finger am Abzug hat? Oder vielleicht auch die Hillary?

Oder habe ich mich getäuscht? Alles nur Potemkin? Zehn Tagesvorräte Wasser, Lebensmittel und Güter des täglichen Bedarfs für 80 Millionen? Hier die Formel der Volkswirtschaft:

80 Millionen Menschen x 350 € durchschnittliche Konsumausgaben pro Monat ergibt eine kurzfristige Umsatzerwartung für das Stützungsprogramm für Handel und Industrie von ca. 15-20 Mrd. Euro. für diese Krisenbevorratung, wenn nur das Marketing stimmt. Davon ein paar Milliarden Mehrwert-, Gewerbe- und

Einkommenssteuern für Kassenwart Schäuble und seine Kämmerer. Konjunkturprogramm?

Ich werde nichts verraten. Ich bin und bleibe ein Hamster.

Krimi zum Schluss.

Motto des Tages: Raus aus dem Hamsterrad

Gericht des Tages: Toast Hawaii

Bier des Tages: Bayreuther Landbier

Autokilometer pro Tag: 12

Politischer Witz des Tages: Wer hamstert überlebt…

Fazit: An Ferien könnten wir uns gewöhnen. Auch wenn die Vorräte nur für drei Tage halten …

12. Tag - Freitag, 26. August

Das Wetter ist und bleibt langweilig. Ich wünsche mir Regen. Der Rasen muss gewässert werden, damit er schön grün bleibt. Der Weißdorn verlangt nach einem Schönheitsschnitt.

Die Damen trainieren. Sagen sie. Dabei macht es ihnen wieder am meisten Spaß mit dem Elektrocart die erholungssuchenden, golfspielenden Festspielbesucher auf den Bahnen eins bis achtzehn zu erschrecken und zu überholen. Im Geschwindigkeitsrausch. Ich dagegen liebe meinen Garten - auch die Stellen, die niemand sieht und erwarte geduldig den Abend. Ich erinnere mich ein wenig an die letzten Tage und schreibe auf, was da war. So wesentlich Unwesentliches, aber auch unwesentlich Wesentliches. Manche Details. Weltgeschichtlich: Ukraine Konflikt ungelöst. Der Kurden-Kotau der USA. Wieder einmal ein verheerendes Erdbeben in Italien. Die Stadt Amatrice in Mittelitalien unwiderruflich zerstört. Hackerangriff auf das Betriebssystem von Apple…

Am Abend werden wir in die neueste „Stelldichein-Sehen- und Gesehenwerden-Location" dieser Stadt, nennen wir es hier „Aus Liebe zum Bier" gezogen sein, um einen Preis einzulösen. Einen Gutschein, den es gab anstelle eines prächtigen Silberpokals anlässlich des Sieges zur Vierer-Clubmeisterschaft. Wir werden dort in dem lieben Lokal mit den lieben Bedienungen liebes Bier trinken und liebevoll hergerichtete Speisen lieben. Alles Liebe. Denn nur wer sein Bier liebt kann seinen Nächsten lieben. Wussten schon die alten Ägypter. „Ein Bier ist wie eine Frau: man schaut es gerne an, es duftet und man würde seine Großmutter dafür hergeben".

Soweit so gut. Welches Bier man nun lieben soll fällt dem geneigten Gaste dann doch etwas schwer. Denn kaum hat er sich in den weichen Relax-Polstern niedergelassen und sich begeistert in die zig Seiten starke Bierkarte eingelesen, welche ihm so um die paar hundert unterschiedliche Biere der Gattungen helle Biere und dunkle, Weizenbiere, Spezialbiere, Trappistenbiere, Sauer- und Fruchtbiere - Frauenbiere die zuletzt genannten allesamt - ausgereifte Biere, gefühlt sämtliche Sorten ale wie pale ale , indian pale ale, strong ale sowie porter, stout und nicht zuletzt das Campusbräu der hiesigen hippen und trendorientierten Universität liebevoll beschreibt, kommt eine schnuckelige studentische Bedienungshilfskraft bereits 20 Sekunden nach dem Platznehmen an den Tisch gestürmt, bewaffnet mit einem trendigen Bestelltablet und fragt nach unserem Bier-Begehr. Umsatz. Umsatz. Umsatz! Die mangelnde Ruhe für den gesamten überlegten Auswahl- und Bestellvorgang, der sicher Liebe zum Bier und zum Lokal auslösen soll, lässt den Gast ein schlichtes Bayreuther Hell, sicher nicht das margenstärkste Produkte der Karte, bestellen. Aber einmal unter Bestellstress gesetzt, bestellt man wohl das, was man kennt. Und nicht das, was mal Liebe werden kann.

Apropros Campusbräu. Der Warnhinweis auf der Karte für dieses Bier ist unübersehbar. Es wechselt je nach Tagesform (hier spricht man von Verfügbarkeit) die Farbe, den Alkoholgehalt und die Stammwürze. Wahrscheinlich also auch den Geschmack. Mal Hell, mal dunkel, mal Bernstein. Mal mit Schaum, mal ohne? Die Patenschaft für diese ganzheitlich qualitätsorientierte Brauerei hat der Präsident der hiesigen Universität, die einmal das Harvard Deutschlands werden soll, persönlich übernommen. Danke dafür im Namen der Genuss- orientierten Zukunftskohorten.

Soweit zu den Getränken. Sie sind und das muss man ernsthaft sagen in Summe einen oder mehrere weitere

Besuche des schmucken Lokals mit schönem Biergarten mitten in der Stadt schon wert. Unübersehbare, meistens aber stumme TV-Flatscreens und dezente Barmusik heimeln die Atmosphäre zeitgeistig an. Es ist total gemütlich dort. Aber nicht wirklich fränkisch. Nicht authentisch. Eher global normal.

Nun zur Speise. An der Qualität derselben, an der Verträglichkeit und den Darreichungsform ist ziemlich wenig auszusetzen. Der Umgang mit teuren Gewürzen ist sehr freizügig. Manches Mal wird auch der natürlich milde Geschmack der Lachs-Forelle aus heimischen, weichen Gewässern durch etwas zu viel roten Pfeffer und Chili ein wenig stark verfremdet. Versteh ich aber. Soll ja Durst machen. Damit das Bier geliebt wird.

Was aber nicht geliebt werden kann ist der Service. Die eine oder andere der jungen Studentinnen, die sich nebenbei noch ein paar ganz harte Euros verdienen müssen, um sich die inzwischen aufwändigen Verlockungen des Studierendenlebens leisten zu können, verlieren dann und wann den Überblick. Für ein ordentliches Trinkgeld sollte man aber als Student einer Elite-Universität schon in der Lage sein, sich die Tische und die zugehörigen Bestellungen zu merken. Zumal der moderne Kellnerassistent, das das Bestelltablet, der i-Kellner, ja alles bis in die Küche, zur Kasse und in die weltweite Logistikkette vernetzt. Wenn dann die Rechnung noch vor der Speise kommt, ist es aber schnell aus mit der Liebe des Gastes zum Liebesbier.

Am Ende sind wir satt geworden und haben noch einen Gutschein. Und die Mädels von der Uni sollten mal schauen, wie das das gute „Fräulein" Käthe vom Kolb so macht ;-).

Motto des Tages: Liebe zum Detail

Gericht des Tages: Hummeltaler Lachsforelle mit Pfifferlingen im Kohlrabibett

Bier des Tages: Bayreuther Hell

Autokilometer pro Tag: 0

Politischer Witz des Tages: Politiker, die Bier lieben, sind gute Politiker

Fazit: Durch Bewegung überwindet man Kälte. Durch Stillhalten die Hitze…

13. Tag – Samstag, 27. August

Gestern Abend war der Himmel sternenklar. Großer Bär, Andromeda, sogar die Milchstraße zu sehen. Der Mond im letzten Drittel abnehmend. Schlechte Vorzeichen für einen Wetterumschwung. Ich konnte deshalb nicht wie gewohnt gut durchschlafen und wachte gemeinsam mit meiner Favoritin gegen sechs Uhr dreißig auf. Sie hatte auch nicht gut geschlafen. Aber wohl aus anderem Grund. Die kommende Tageshitze vier Stunden oder länger im spielerischen Wettkampf mit den anderen Favoritinnen aushalten zu müssen und dann noch siegen zu wollen kann einen schon schlaflos machen. Wie auch immer, die Morgenstund hatte noch Gold im Mund. Mein Bart war nun das dritte Mal vier Millimeter lang. Dieser neue Bart war aber auch schnell ab und das Frühstück kaum im Magen angekommen stieg das Thermometer schon auf noch angenehme 23 Grad. Ich schickte die Golfamazone an ihren Lieblingsort und führte den Hund aus. Problemlos legten Hundeoma Monika und ich den fünfhundert Meter langen Rundweg um unseren Urlaubsdorfteich zurück. Schnell ein paar Sachen und Alfa Frau Julchen gepackt schon sah ich Sohn und mich, also uns, noch dem Motto „wenn der Vater mit dem Sohne" auf der Fahrt durch die schöne fränkische Schweiz. Kleiner Heimatkunde-Rundkurs von circa einhundertzwanzig Kilometern in die herrlich abwechslungsreiche und reichlich unberührte Kulturlandschaft auf der Suche nach schönen Ausblicken, geschichtsreichen Stellen und vor allem nach erfrischendem Nass. Bei Mittagshitze von Dreißig Grad gelang der entspannte Blick in die tiefen Täler, über die sanften Höhenzüge, die schroffen Felsen und an manch schönes Haus mit Garten nur gut gekühlt. Uns war alles recht. Die kuschelige, gut im Waldschatten versteckte Kneippanlage von Wonsees, der Badeteich von Heiligenstadt, die Ufer der Wiesent, des Ailsbaches oder des Pottensteiner Felsenschwimmbades. Hauptsache möglichst kalt und mindestens tief genug um bis zu den Knien zu waten. Natürlich waren wir ganz schön dumm, würden die eingeweihten Kenner der Gegend nun sagen. Bei diesen Wetterlagen gibt es nur ein wirklich erquickliches Sommervergnügen, nämlich die Fahrt im Kanu oder Kajak allein, zu zweit, zu dritt oder zu viert über die ruhigen Abschnitte und die ruppigen Stromschnellen der Wiesent hinab. Dummerweise stehen die Interessenten nach diesen begehrten Freizeitgeräten an den Hoch- und Spätsommertagen Schlange und man sollte sich mindestens eine Woche vorher angemeldet haben. Da wusste ich aber noch gar nicht, was mit diesem Tag geschehen sollte. Wollte ja nicht planen. Das hat man nun davon.

Abgesehen vom sentimentalen 70er Jahre Auspuffsound unserer Jule war es demnach eine ruhige Fahrt. Sohns unausgesprochene Frage danach was er mal werden könne oder solle konnten wir letztlich auch gemeinsam nicht klären. Generation Y. Schade, hoffentlich gehen sie nicht verloren der Y´er. Wir Babyboomer waren wenigstens noch viele. Vater und Sohn blieben demnach in den Lösungsansätzen auch irgendwo stecken zwischen den Polen Wachstumsjünger auf der einen Seite und Kulturpessimist auf der anderen. Ehrlich gesagt war es für mitteleuropäische Verhältnisse aber auch schlicht viel zu heiß um tief schürfende Themen bis ans Ende zu diskutieren. Die große gemeinsame Freude war die Feststellung, dass Autositze und Klimaanlagen neuzeitlicher Fahrzeuge bei solchen Temperaturen auch nicht viel komfortabler und funktioneller sind als die alten mit Kunstleder bezogenen Sitze und die Fahrtwindbelüftung bei sechs geöffneten Fenstern und heraushängenden Armen in einem vierzig Jahre alten Schätzchen. So waren wir zumindest, was die Anspruchshaltung in Sachen Automobil anging, nicht weit auseinander. Zum Abschluss ein Snack in Schederndorf´s schönem Biergarten. Für Bier aber eigentlich viel zu früh. Und viel zu heiß.

Des Weiteren keine besonderen Vorkommnisse an diesem Tag. Allein die Generalprobe - also die erste Runde - zum

Gewinn der Meisterschaft der Favoritin am bevorstehenden Sonntag war ein wenig missglückt. Es wurde kein lustiger Abend. Die Analysen um die gefehlten Puts verfolgten mich bis tief in die Nacht. Morgen wird sie angreifen.

Motto des Tages: Unwettergefahr „Hitze" – Cool bleiben

Gericht des Tages: Schweizer Wurstsalat

Bier des Tages: Aufsesser Landbier

Autokilometer pro Tag: 120

Politischer Witz des Tages: Kanzlerin Merkel wartet erneut mit der Bekanntgabe ihrer erneuten Kanzlerkandidatur. Aus Rücksicht auf Horst Seehofer…

Fazit: Hoass war´s. Aber schee.

14. Tag – Sonntag, 28. August

Über das Wetter muss ich nichts mehr sagen. Es wird immer langweiliger und immer heißer. Die Aussichten auf Regen haben sich mit einem weiteren stabilen atlantischen Hoch verflüchtigt. Die Wetterfrösche sind auch nicht mehr das was sie mal waren. Ob das an der globalen Datenverwirrung liegt? Leidet darunter sogar das Wetter? Auch in der Nacht kühlt es nicht mehr richtig ab. Das Bettlaken klebt am Körper, die Morgendusche ist kalt. Ich habe weder die Bild am Sonntag noch die Welt am Sonntag oder die Frankfurter Sonntagszeitung gekauft. Auch mit schönen bunten Bildern, aufreizenden Schlagzeilen oder intellektuellen Erklärungs- und Deutungsversuchen durchstudierter Journalisten wird meine Politikverdrossenheit nicht gelindert. Das kann daran liegen wie sich die verschiedenen Tage so zusammensetzen. Bundestag, Landtag, Bezirkstag, Kreistag. Aus seltsamen Menschen zuweilen. Wie sollte dies also gelingen? Nachdem bekannt ist, wie sich die Parlamente finden. Wie sie nicht verhinderten, dass eine anscheinend bornierte Rauten-Angie eine vierte Amtszeit bekommen kann. Lange wurde gerätselt, was die Raute zu bedeuten hat. Freimaurergeheimzeichen? Ich schätze, es ist das Zeichen für unendliche Borniertheit, Bewegungsarmut, und politische Planlosigkeit. Bei Kohl nannten wir das am Ende seiner beeindruckenden Kanzlerschaft noch Aussitzen. Wenigstens hat die Dauerkanzlerin damit aber ein Alleinstellungsmerkmal. Für die meisten andern gilt: Hauptsache die Diät ist keine Diäten-Diät und die Abgeordnetenrente sicher? Dafür fälscht man auch schon mal einen Lebenslauf. Auch als Frau. Ist Frau Hinz (SPD) eigentlich mit Herrn Hinz (CDU) verwandt? Oder mit Herrn Kunz (parteilos)? Warum ist Herr Hempel eigentlich noch nicht im Parlament? Ach ja, den Platz nimmt wohl ein Erzengel ein? Der Vizekanzler Gabriel ist nun nach sehr kurzer Bühnenabstinenz auch schon wieder da und taucht lange bevor sein Urlaub endet und sich die Willkommensgeste und die Ermunterung ans deutsche Volk mit dem Europafeindlichen Geschichtsbucheintrag „Wir schaffen das" der Kanzlerin ein erstes Mal jährt, auf allen medialen Kanälen auf. Man kann dieser Botschaft auch ohne Sonntagszeitung einfach nicht ausweichen. Noch vor einem Jahr konnte die von Gabriel angeführten Sozialdemokraten im vereinten Jubel mit dem Grünvolk gar nicht genug Einwanderer an Rhein, Mosel und Donau locken und sangen den Refrain gerne mit: „Wir schaffen das!" Gabriel soll sogar die Urheberrechte auf diesen geschichtsträchtigen Satz haben und will das einklagen! Und wer da nicht mitsang und seine Meinung sagte war ein Zurückgebliebener. Oder Pack. Oder Nazi. Oder alles zusammen. Nun kritisiert Herr Gabriel die vorgesetzte Kollegin und fordert eine Obergrenze für Einwanderung. Wahrscheinlich weil der schlaue Wirtschaftsminister und ehemalige Volksschullehrer nun endlich mal drei und drei zusammengezählt hat und merkt, dass das Experiment auf lange Sicht viel mehr kosten wird als es einbringt und die Kraft hat unsere Sozialsysteme noch schneller zu sprengen als dies ohnehin der Fall sein wird. Außerdem als optimierter und effizienter Opportunist erster Ordnung - so wie die meisten seiner Politiker-Kollegen - die Chance im vorgezogenen Wahlkampf ergreift, die politisch vorgesetzte Rautenfrau zu schwächen. Da ist auch der rechte Hinterausgang erlaubt. Nun gut. So viel zum politischen Tagesgeschehen aus dem Blickwinkel des Zurückgebliebenen.

Heute nun versucht meine geliebte Favoritin ihre günstige Ausgangsposition des gestrigen Tages, sozusagen auf dem zweiten Platz lauernd, umzumünzen in den Titel. Nach dem schönen Motto „Der sicherste Weg zum Erfolg besteht darin, immer wieder einen neuen Versuch zu wagen" ermuntert sie die Lebensweisheit des Tages aus dem Seelenbalsamkalender ihrer Freundin Vroni, ein Geschenk zu ihrem 60.igsten Geburtstag, nun zum Titelgewinn. Es sind ja nur vier Schläge aufzuholen. Dann entscheidet das Stechen.

Nebenbei und übersetzt für die, die mit der Zahlenarithmetik des Golfens weniger vertraut sind: Verglichen mit einem

Hundertmeterlauf würde der Vorsprung von Usain Bolt auf seinen hartnäckigsten Verfolger ca. 0,5 Sekunden betragen. Oder fünf Meter nach 100 Metern. Ich glaube das wird schwer.

Und es wurde schwer und am Ende siegte die andere Favoritin. Im Anschluss an die Hitzeschlacht gab es in der Schweinfleischgenussregion wieder einmal zweierlei von der Sau. Schnipo (Schnitzel Wiener Art mit Pommes Frites) und Spiebra (Spießbraten auf Spitzkohlgemüse). Favorisierte Leckereien für den durch die fränkische Küche geprägten Gaumen. Irgendwie doch ziemlich lecker. Vegetarische Damen wurden zurück auf den Platz geschickt. Dort in den rein biologisch gehegten Wiesen sollen neben anderen auch die schmackhaften Salate und Kräuter wie Rauke, Pfefferminze und Sauerampfer in ausreichendem Masse wachsen. Der Abend war nicht mehr lang. Erschlagen von der Hitze und niedergeschlagen von der überraschenden Niederlage vielen wir mit der Dunkelheit auf unser Nachtlager.

Motto des Tages: Golfspielen macht süchtig

Gericht des Tages: SchniPo

Bier des Tages: Kulmbacher Pils vom Holz-Fass

Autokilometer pro Tag: 15

Fazit: Nicht jeder Versuch ist von Erfolg gekrönt

15. Tag – Montag, 29. August

Über das Wetter rede ich nicht mehr. Es ändert sich nichts. Wir hatten einen Kater. Den Bronzemedaillenkater. Aber wir erinnerten uns an die Zeiten, in denen wir noch kräftig gefeiert hatten und uns immer wie Sieger gefühlt haben in den schönen 80er und 90er Jahren. Einen Kater bekämpft man am besten, indem man sich wieder in den Zustand vor dem Kater zurückversetzt. Also standen wir auf und gingen wieder Golf spielen und tranken anschließend Bier. Wir wählten einen fremden Platz. Das machte Spaß, und schon bald hatten wir den Kater vor Lebenslust und Freude an der freien Zeit schon wieder vergessen. Auf zum nächsten Biergarten!

Viel mehr ist nicht passiert. Urlaub halt. Politik hatte keine Chance bei uns an diesem Tag. Eine Nachricht kam allerdings doch bei uns an. Die betrifft uns möglicherweise, wenn wir Babyboomer schließlich Mitte des neuen Jahrtausends in irgendwelchen Altenverwahranstalten aufgehoben werden. Die gemeinnützigen Organisationen, die Altenheime unterhalten - wie die Diakonie, Rotes Kreuz, Caritas - gaben übrigens unisono bekannt, dass Hamsterei im Sinne einer Zivilschutzvorsorge nicht in Betracht käme.

Das Lagern von Trinkwasser-, Konserven- und Windelvorräten würde zu viel Lagerfläche erfordern und zum anderen die bereits heute nicht vorhandene Liquidität vollends aufzehren. Es wächst der zynische Gedanke in mir, dass die nächste Ausgangssperre gar nicht wegen Kriegsgefahr sondern wegen eines allzu großen Überhangs an altersarmen und dementen Babyboomern vorbereitet wird....

Motto des Tages: Wunden lecken

Gericht des Tages: Chiliburger mit Texaskartoffeln

Bier des Tages: Veldensteiner Weisse

Autokilometer pro Tag: 48

Fazit: Man kann jedem Kater die Krallen ziehen

16. Tag – Dienstag, 30. August

Wir wollten gar nicht wach werden an diesem Morgen. Denn täglich grüßt der blaue Himmel. Nur die Mücken (hier heißen die „Stechs") haben uns herausgetrieben aus den Federn. Auf dem Programm also zunächst: verdurstende Garten-Bäume retten. Auch die vom Nachbarn, der gerade die Sonne des Südens genießt. Erst dann das verdiente Frühstück. Besorgungen. So wichtige wie Staubsaugerbeutel zum Beispiel. Mückennetze waren aus. Aus Langeweile schaut man auch schon einmal in den Businesskalender, um sich innerlich auf die Zeit nach dem Urlaub einzustellen. Heimlich versteht sich. Ob man sich freuen soll weiss ich noch nicht. Eigentlich fängt der Urlaub jetzt erst richtig an. Die Zeitungslektüre wie immer und zunehmend unerbaulich. Apple gönnte sich über Jahre bei Gewinnen von zig Milliarden einen unterirdischen, einen irischen Steuersatz von 0,000irgendetwas %. Das deutsche Durchschnittseinkommen von 48.000 € wird besteuert mit 25%. Selbstproduzierter Industriestrom bleibt steuerfrei. Die Zeche zahlt der Michel. Ob es trotz prallvoller Steuersäckel zu Steuersenkungen für die Leistungsträger in der Gesellschaft kommt will BK aber lieber noch nicht versprechen. Nur sie weiß wohl schon welche weiteren Umverteilungsmöglichkeiten sie für unser Geld noch sieht, um etwas zu schaffen. Vielleicht kann man ja die bereits für Flüchtlinge hohen Alimentierungssätze noch ein wenig erhöhen, damit unser Land noch attraktiver wird für die zahlreichen zukünftigen Rentenbeitragszahler. Das ist auch gerecht, da das Qualifizierungsniveau einreisender Afrikaner bekanntermaßen ja bereits heute schon viel höher ist als das unserer Langzeitarbeitslosen - Erkenntnisse der unabhängigen Bertelsmann-Stiftung. Vor allem unbegleitete Jugendliche scheinen seit ihrer Ankunft in unserem gastfreundlichen Land vor einigen Monaten schon urlaubsreif und erholen sich ausgerechnet heute in Schulklassenstärke im Paddelboot auf der Wiesent. Kosten des Integrationsausflugs zum Erlernen wesentlicher koordinativer Fähigkeiten auf einem Paddelboot inclusive der drei sozialarbeitenden Betreuer für die fünfzehn Jungs schätzen wir gegen dreitausend Euro. Na ja macht nix. Hauptsache sie hatten ihren Spaß. Ob sie wie vorgesehen am Zielort angekommen sind wissen wir nicht. Der Kajakbug zeigt bei allen Teams, die jeweils von einem Integrationsarbeiter koordiniert wurden, leider immer wieder in die falsche Richtung. Wir haben unsere Paddelabsicht wegen aufziehender Unfallmeldungen auf dem wilden Fluss begraben und legen uns zunächst sonnenbadend an den weißen Strand der Pulvermühle. Dann gehen wir flanieren auf der Frankenpromenade. Auch schön, denke ich. Endlich wieder neue Wege kennen lernen. Mit schönsten Aussichten. Erfreulich, dass es sie noch geben soll, die schönen Aussichten. Auch wenn es nicht die politischen sind. Nur die in die Landschaft. Etwas dazu gelernt haben wir dennoch. Nämlich die unterschiedlichen Interpretationen vom schönen Begriff Promenade. Gemeinhin und unserer Erfahrung nach als alte Besucher mondäner Seebäder sind Promenaden zumeist zum Zwecke eines Spaziergangs großzügig und aufwändig ausgebaute Fußgängerwege mit großer Flanierqualität (franz.: *se promener* ~ spazieren).

Angelegte Promenaden dienen also in der Regel in erster Linie dem Lustwandeln und nur in zweiter Linie pragmatischen Fußgänger-Verkehrs-Funktionen. Flanierqualität könnten wir unserer heutigen Route jedoch in keiner Weise zubilligen für unsere eineinhalbstündige Wanderung auf dem circa sechs Kilometer langen

Promenadenweg mit seinen einhundertfünfzig Höhenmetern rund um die Burg Rabenstein. Wanderausrüstung ist ausdrücklich empfohlen. Wir lernten, dass die zahlreichen interessanten Blickbeziehungen auch die Auszeichnung einer Promenade verdienen. Und das mit den schönsten Aussichten und Blickbeziehungen können wir durchaus bestätigen. Grandios.

Den Tag abgebunden mit einem fairen Essen und einem süffigen Frankenbier in der Mitte unserer Stadt. Mitten auf dem Stadtparkett. Im ältesten Straßenrestaurant, einer Gast-Wirtschaft im alten und besten Sinne des Wortes. Wenn wir nicht in Franken wären und nicht heimisches Essen mit heimischem Bier und stattdessen grasigen, fruchtigen oder erdigen Landwein getrunken hätten, hätte ich gesagt: Mediterranes Lebensgefühl. Porsch könnte auch Taverne sein. Nicht nur unser „Liebesbier" sondern auch unser Lieblingskellner. Ich werde Gutscheine drucken lassen.

Motto des Tages: Promenadentag

Gericht des Tages: Naturgebratene Scholle mit Salzkartoffeln und bunte Salate

Bier des Tages: Stöckel Landbier vom Faß

Autokilometer pro Tag: 54

Fazit: Es gibt sie wirklich überall: Die schönen Aussichten

17. Tag – Mittwoch, 31. August

„Wir schaffen das". Das sagte Frau Merkel vor einem Jahr. Heute wird an diesen denkwürdigen Jahrestag von allen Seiten darin erinnert, dass wir etwas schaffen müssen. Und dass wir ja schon so viel geschafft haben. So wie wir Deutschen ja sowieso jeden Tag irgendetwas schaffen. So wie Kretschmann´s liebe Schwaben: „Schaffe, schaffe, Häusle baue". Oder wie die Mädels auf St. Pauli: Jeden Tag was anschaffen gehen…

Wir haben uns für diesen Tag, an dem wieder einmal der Himmel blau lackiert ist, einiges vorgenommen. Auch wir wollen einiges schaffen. Den ersten Auftrag des Jahres delegieren wir allerdings an unsere fleißigen Malergesellen, die es heute schaffen werden unseren Carport frisch zu lackieren. Da sind wir sehr zuversichtlich. Denn wir glauben, dass Maler zu Malerarbeiten fähig sind. Außerdem kennen wir die beiden. Sie haben schon öfter für uns gearbeitet. Sie stammen aus Polen und sind gut integriert.

Im Gegensatz zu uns macht sich fast die ganze Republik, zumindest das was man Öffentlichkeit oder Personen des öffentlichen Interesses nennt, immer noch und zunehmend wieder Gedanken über diesen bemerkenswert schlichten und einfachen Satz dieser Dame aus dem Kanzleramt. Ob wir das nun schaffen mit den Flüchtlingen, den Asylanten, den Migranten und was wir da so alles in einen Topf werfen. Die einen sagen immer noch: „Wir schaffen das. Die anderen sind fester denn je davon überzeugt, dass es nicht gelingt und dieser Staat sich auflösen wird. Ich bin froh, dass die hiesige Polizei zu denen gehört, die daran glauben, dass wir es schaffen. Zwar ist die Kriminalität unter den Zugereisten in unserer Region stark gestiegen, dafür aber unter den Zurückgebliebenen leicht gesunken, was insgesamt jedoch nur eine signifikant deutliche Steigerung an Gesetzesverstößen bedeutet. Das ist die gute Nachricht. Schlechte liest man in der mehrheitlich in SPD-Hand befindlichen Tagespostille vor Ort niemals. Als schlechte Nachricht wird in den überregionalen Boulevardmedien dagegen aber davon berichtet, dass die neue Partei mit dem unaussprechlichen alternativen Namen nun in der Wählergunst der verhältnismäßig starken Wählergruppe der Mecklenburg-Vorpommerer an zweiter Stelle vor der Union liegen soll. Warum das eine schlechte Nachricht ist? Weil damit klar wird, dass selbst die Integration aus Deutschland nach Deutschland noch nicht gelungen ist. Sie wählen einfach nicht aus dem umfassenden Angebotsspektrum, welches Angela, Siegmar und Anton darbieten. Wenn auch nur aus Protest. Frechheit das. Oder eigene Religion? Es soll deshalb bereits eine weitere Partei in der Gründungsphase stehen, um dem Trauerspiel ein Ende zu bereiten. Der Name der Partei ist schon bekannt: ErDe. Steht für: Es reicht Deutschland.

Also es reicht wieder mit den Statements zum Tage.

Konzentrieren wir uns ab hier auf einen neuerlichen Ausflug in die Schweiz. In die fränkische. Es besteht heute die Möglichkeit die Scharte vom Samstag auszuwetzen und die wilde und kalte Wiesent auf einer Streckenlänge von circa achtzehn Kilometern zwischen dem Weiler Doos und dem fränkischen Epizentrum Streitberg mit seiner Streitburg zu bezwingen.

Zum Start der Kajak-Rally findet eine sogenannte Einweisung durch einen gutaussehenden Studenten der Betriebswirtschaft statt. Verschiedene Stellen der Tour werden derart bildreich und teilweise martialisch beschrieben, dass die ersten Damen, obwohl sie in

Begleitung sehr stattlicher Herren sind, bereits überlegen lieber einen Latte Macchiato zu trinken und einige Stunden am Wiesentstrand der Pulvermühle auf den Göttergatten zu warten.

Wir bewegen uns irgendwie ungelenk in unsere Nussschale und stürzen uns ohne Zögern den tosenden Fluss herunter. Wir Helden! Aber bereits nach fünfzig Metern beklage ich nach der ersten Stromschnelle patschnasse Kleidung. Sehr kalt. Angeblich vierzehn Grad. Fühlte sich aber an wie Eis. Nach und nach kommen wir in einen Rhythmus und wir gleiten, gelegentlich gestört durch kleinere Wehre die wir kilometerweit mit dem schweren Boot umtragen müssen, durch die schöne Natur. Ganz ursprünglich ist sie wohl nicht mehr. Kilometerlang besäumt das inzwischen globale ansässige indische Springkraut monoton das Flussufer. Da es schön rosafarben blüht, sind wir nicht so traurig, dass sich einheimische Arten hier gar nicht mehr zeigen wollen. Aber wir sehen auch zutrauliche Entenfamilien. Wasseramseln, einen fliegenden Eisvogel sogar. Und Höhepunkt der Fahrt bei der Sachsenmühle tatsächlich zwei Steinadler oder waren es Gänsegeier, egal auf jeden Fall große Greifer, in hohem Flug sich in der Thermik mit gespreizten Handschwingen in die Höhe und immer höher schrauben.

Wird uns keiner glauben. Darf ja schon niemand wissen. Denn Steinadler gibt nur am Alpenrand. Exklusiv. Oder die Geier sind aus der Falknerei ausgebrochen?

Wir genießen die zuweilen stille Reise, die nur so manches mal und durch den durch das gleiche Tal verlaufenden

Schwerlast- und vor allem dem Freizeit-Motorradverkehr überdröhnt wird. Typische Felsformationen, alte eiserne Eisenbahnbrücken aus der wilhelminischen Zeit und sogar eine Biogasanlage Baujahr 1970 unterbrechen die beruhigende Monotonie des Mischwaldes. Schlicht: wir sind begeistert. Wir sind so begeistert, dass wir nicht merken wie unsere Kräfte schwinden. Die kräftige Zwischenmahlzeit zur Mitte der Strecke an der Sachsenmühle ändert daran wenig. Ein ziemlich langes Teilstück zwischen besagter Mühle und dem hübschen Örtchen Muggendorf fordert von uns das Paddeln ein. So wie man es vom „gemischten" Tandemfahren kennt, heißt das: einer paddelt und eine paddelt ein wenig mit. Es wird schwer. Meine Gelenke und Muskeln fangen an zu brennen. Aber wir schaffen das! Zumindest bis Muggendorf zwo. Dort sammelt uns der nette zugewanderte Unternehmer aus den neuen Bundesländern, der den Einheimischen ein nettes Geschäftsmodell gezeigt hat und nun selber daran verdient, mit seinem chicen französischen Büschen wieder ein und bringt uns wohlbehalten zurück zum Ausgangspunkt.

Wir haben es geschafft. Wir sind geschafft. Wir haben uns selber geschafft.

Was wir zuletzt schaffen ist eine ordentliche Einkehr in einen ordentlichen Biergarten. Drei Linden, Tröbersdorf.

Und danach schaffen wir bestimmt noch einen traumlosen Schlaf.

Motto des Tages: Wir schaffen das

Gericht des Tages: Gebackener Ziegenkäse auf Blattsalat und Knoblauchcreme

Bier des Tages: Xeeser Hermann Bräu Halbe

Autokilometer pro Tag: 60

Politischer Witz des Tages: Wir schaffen das…

Fazit: Wir haben uns geschafft

18. Tag – Donnerstag, 1.September

Quasi der erste Tag des Herbstes. September. Ist doch schon Herbst - oder? Mitnichten. Es ist weiterhin hochsommerlich warm. Ein paar schöne weiße Wolken. Die machen aber nichts anderes aus dem Himmel der Bayern und der Franken als das sogenannte Kaiserwetter. Damit ist heute aber nicht gerade das Wetter für unseren Kaiser Franz gemeint. Um die Lichtgestalt Beckenbauer ziehen ja gerade aus Richtung Schweiz eher schwere Gewitterwolken auf. Nein, es ist das Wetter, welches an unseren guten alten Kaiser Franz-Josef erinnert, dem zu Ehren in der guten alten Zeit, als das königlich-bayerische Amtsgericht noch ganz unabhängig von um sich greifender kompletter Systemüberwachung salomonische und nachvollziehbare Urteile sprach. Es ist dieses Wetter, das nach seiner Hoheit getauft wurde. Es könnte auch noch ein Kaiser Franz-Josef Strauß Wetter sein, der ziemlich genau vor dreißig Jahren (7.10.1986) in einem stickigen Bierzelt in einer seiner berüchtigten Reden behauptet hat: „... wenn diese Bundesrepublik Deutschland einen fundamentalen Richtungswandel in Richtung Rot-Grün vollziehen würde ... dann wäre das Schicksal der Lebenden ungewiss und die Zukunft der kommenden

Generation würde auf dem Spiele stehen ... wir müssen entscheiden: bleiben wir auf dem Boden trockener, spröder und langweiliger bürgerlicher Vernunft oder steigen wir in das bunt geschmückte Narrenschiff Utopia, in dem ein Grüner und zwei Rote die Rolle der Faschingskommandanten übernehmen...".

Jo. Narrenschiff. Kirmeshimmel. Alles ist gut. Wenden wir uns dem Urlaubstag daheim zu.

Zumindest meine Hals-, Schulter- und Brustmuskulatur schien den gestrigen Paddeltag noch nicht vergessen zu haben. Beim Aufstehen fühle ich mich wie eine Bleiente. Es dauert zwei bis drei Stunden, bis ich mich in dieser Welt wieder zurecht finde.

Aber da ist es schon zu spät. Wir werden heute keinen Urlaub sondern unseren Sozial- und Arbeitsdienstag haben. Ich habe mich selbst mit meinen Projektaufgabenplan dazu verdonnert bis zum Urlaubsende den Stellplatz für unsere Fahrräder hübsch zu machen. Ich will aber gar nicht näher erläutern, was da alles an Erd-, Säge- und Konstruktionsarbeiten nötig war um das Bauwerk nach drei Stunden harter körperlicher Arbeit in gebückter und damit generell gesundheitsschädlicher Haltung - für einen gelernten Büromenschen gleich doppelt - bedeutet.

Danach bzw. parallel steht die Betreuung der 87-jährigen pflegebedürftigen Oma an, die an diesem schönen Spätsommernachmittag einmal wieder aus dem Altenheim befreit werden muss und mit einer kleinen Grillparty ins Leben zurückgeholt wird. Wir gehen davon aus, dass sie sich darüber gefreut hat. Wir werden sie schon bald wieder holen, weil wir wissen, dass sie nicht so lustig und so listig aus dem Fenster springen und verschwinden kann wie noch vor kurzem unser einhundert Jahre alte Filmheld Allan Karlsson.

Es war also alles in allem ein häuslicher Tag. Der erste Tag, an dem ich wünschte verreist zu sein. Am blauen Meer zu sitzen und zu träumen.

Motto des Tages: Wir kümmern uns

Gericht des Tages: Leckeres vom Grill. Jedem selbst überlassen. Total gesunder Salat.

Bier des Tages: Kulmbacher Märzen

Autokilometer pro Tag: 0

Fazit: Ich will verreisen

19. und letzter Urlaubstag - Freitag, 2.September

Ich habe nicht viel geschlafen. Bis zur Mitternacht hörte ich den Fluglärm der im nahen Grafenwöhr stationierten amerikanischen Flugstaffeln, die sich seit geraumer Zeit wieder nachts in den Himmel begeben und ihre so genannten Präzisionstreffer üben. Das ganze wird flankiert von autovernarrten Narzisten, die ganz fest daran glauben, irgendjemand interessiert sich um Mitternacht ernsthaft dafür, mit welcher Karre sie glauben frauenlos posen zu müssen. Mich macht das eine unruhig und das andere ziemlich sauer. Ich will nämlich nicht mit Oropax schlafen. Der lange, ausgleichende Schlaf gegen Morgen stellt sich ebenfalls nicht ein, weil bereits vor Sonnenaufgang die ersten tonnenschweren Traktorenmonster zur Ernte des energiereichen Mais auf die Felder der Umgebung ausschwärmen um den ganzen Tag ihrem monströsen monokulturellen landwirtschaftlichen Erwerb nachzugehen.

Die Hündin schleppt sich nur widerwillig zur Tür. Aus dreiundzwanzig Stunden Schlaf am Tag sind inzwischen dreiundzwanzig Stunden und acht Minuten geworden. Der Kaffee ist fad. Die Nachrichten passen zur Morgenstimmung. Merkel wirft sich vor Sultan Erdogan endgültig in den Staub und distanziert sich von der Armenien-Resolution des Bundestages. In einem Akt, den sie später wieder dementieren wird, nachdem sogar ein Aufschrei durch ihre eigene Presse ging, düpiert sie so die gewählten Volksvertreter und zeigt ihr Verständnis von neuer bundesrepublikanischer Demokratie. Wo sind eigentlich die Narren von Rot-Grün? Özdemir? Die afrikanischen Elefanten seien vom Aussterben bedroht. Ach. Die Eisbären auch. Der Auerhahn. All überall aussterbende Spezies. Abgesehen von denen, die in unmittelbarer Nachbarschaft oder in die unmittelbare Nahrungskette der unersättlichen Menschheit passen: Schweine und Rinder, Hühner und Puten. Hund, Katze, Maus. Und Ratten. In der Tat; wir brauchen einen neuen Planeten.

Mein Morgen-Kreislauf stockt. Erst auf Bahn zwei der schönen Golfanlage im Hersbrucker Land komme ich beim Anblick einer freilaufenden Ziegenherde wieder zu Kräften. Der Tag endet friedlich. Ohne den Verlust eines Balles oder einer lieben Person. Selbst die Verluste des Aktiendepots halten sich auch am Ende dieser Woche wieder in Grenzen.

Der Urlaub neigt sich dem Ende zu. Der letzte laue Abend beginnt. Wir werden ihn genießen und daran denken, was wir noch alles hätten treiben können in dieser schönen Heimat. Wir nehmen uns vor, zumindest den schon lange aufgeschobenen Segelflug über die schöne Landschaft alsbald zu wagen und niemals zu klagen.

Zum Schluss

Mit unserer uralten Hündin gehen wir auch weiterhin nach unserem Urlaub daheim um unseren Dorfteich. Täglich und mehrfach. Der Urlaub hätte auch noch viel länger dauern können. Wegen der Moni und weil wir noch so viel mehr hätten unternehmen und erleben können hier im Urlaub unter heimatlicher Dauersonne. Details dazu sind in einschlägigen Ratgebern längst vielfältig aufgereiht und ausführlich beschrieben. Einen einzelnen hervorzuheben fiele uns schwer. Und dafür werden wir hier auch nicht bezahlt. Auf jeden Fall: Wer mitgezählt hat kommt auf ca. 500 Autokilometer. Wären wir in unser 17. Bundesland geflogen, wären 180 km zum nächsten Flughafen mit dem Auto zu fahren gewesen, 3000 km mit dem Flieger und wohl nochmal zahlreiche Auto-Fahrten auf der Insel notwendig geworden. Fazit. Wir haben viel CO^2 gespart. Und NO^x. Haben nicht an dem Gewimmel am Himmel mit über 10.000 Flügen, die täglich über Deutschland stattfinden, teilgenommen. Fazit: wir haben einen umweltfreundlichen Urlaub verbracht. Und einen entspannten dazu.

Übrigens: Spätestens ab Übermorgen soll es regnen.